金田一《きんだいち》くんの冒険《ぼうけん》

1

からす島《じま》の怪事件《かいじけん》

天樹征丸《あまぎせいまる》／作《さく》　さとうふみや／絵《え》

講談社 青い鳥文庫

もくじ

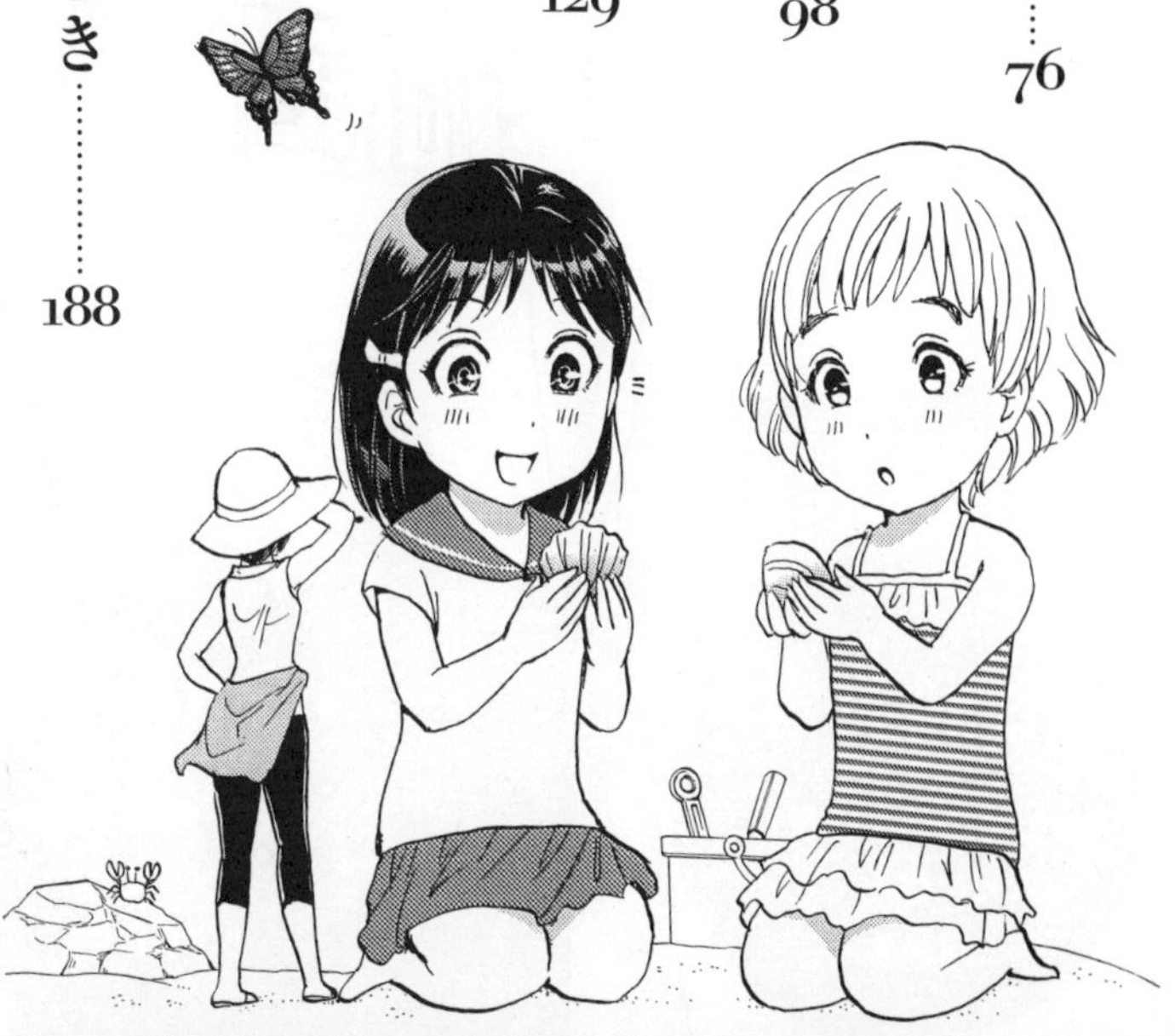

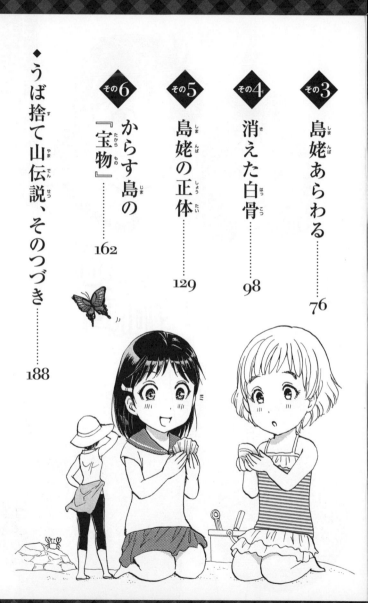

おもな登《とう》場《じょう》人《じん》物《ぶつ》

七《なな》瀬《せ》美《み》雪《ゆき》

はじめの幼《おさな》なじみで、
となりに住《す》んでいる
同級生《どうきゅうせい》。

金《きん》田《だ》一《いち》一《はじめ》

名《めい》探《たん》偵《てい》・金《きん》田《だ》一《いち》耕《こう》助《すけ》を
祖父《そふ》にもつ、
小学《しょうがく》6年生《ねんせい》。

◆日《ひ》比《び》野《の》宙《そら》◆

はじめのアホ友《とも》だち。
あだなは「チュウ」。

◆村《むら》上《かみ》草《そう》太《た》◆

まじめで、勉強《べんきょう》もよくできる
クラスメイト。

◆北《ほう》条《じょう》香《か》苗《なえ》◆

はじめたちの担任《たんにん》の先生《せんせい》。
『冒険《ぼうけん》クラブ』の顧問《こもん》。

◆鮎《あゆ》川《かわ》笑《え》美《み》◆

クラスで人気《にんき》の女《おんな》の子《こ》。
夏休《なつやす》み前《まえ》に『冒険《ぼうけん》クラブ』に加入《かにゅう》。

うば捨《す》て山伝説《やまでんせつ》

むかし、ある村《むら》の貧乏《びんぼう》な百姓《ひゃくしょう》の男《おとこ》が、お殿《との》さまの命令《めいれい》で年老《としお》いた母《はは》をせおい、泣《な》く泣《な》く山《やま》に捨《す》てにいったという。

ところが山奥《やまおく》にむかう道《みち》のとちゅうで、母親《ははおや》はしきりに木《き》の枝《えだ》を折《お》っているではないか。

息子《むすこ》にせおわれながら、気《き》がつかれないように、こっそりと。

まっ暗《くら》な山道《やまみち》に、ぽきり、ぽきり……と枝《えだ》を折《お》る音《おと》が、ときおりひびいた。

そんな母《はは》のようすに、気味《きみ》がわるくなった百姓《ひゃくしょう》の男《おとこ》は、おもいきってたずねた。

「おっかあ、おっかあ。なんで、そうやって枝《えだ》を折《お》るんだい?」

母親《ははおや》は、そういわれてもだまって答《こた》えず、折《お》るのをやめようとしなかった。

百姓《ひゃくしょう》の男《おとこ》は、もしかするとそれを目印《めじるし》にして、捨《す》てられても家《いえ》にもどってこようと思《おも》っているのかと考《かんが》えた。

そこで息子《むすこ》は立《た》ちどまり、背中《せなか》の母親《ははおや》をおろすと、月《つき》あかりの中《なか》でもうひとたび聞《き》いてみた。

「もしかしたら、家《いえ》に帰《かえ》るための目印《めじるし》にするつもりかい。そんならやめてくんな。おっかあを山《やま》に捨《す》てるのは、お殿《との》さまの命令《めいれい》なんじゃ。いうことを聞《き》かないと、子《こ》どもも嫁《よめ》もみんな、むほんのうたがいをかけられてしまう。」

するど、母親《ははおや》はしわだらけの顔《かお》を息子《むすこ》にむけて、小《ちい》さくしぼんだ目《め》でじっと見《み》つめて、こういった……。

その1

冒険《ぼうけん》クラブと五人《にん》の仲間《なかま》

1

「すべりこみ、セーフ！」

聞《き》きおぼえがある、というかむしろ聞《き》きあきた男子《だんし》の声《こえ》。

「きゃあーっ！」

つづいて、かんだかい女子《じょし》の悲鳴《ひめい》が、朝《あさ》の学校《がっこう》の長《なが》い廊下《ろうか》にひびきわたる。

そのさけびで、ふざける生徒《せいと》たちでさわがしい廊下《ろうか》が、一瞬《いっしゅん》しずまりかえった。

「なにすんのよっ！」

バチーン。

しずけさをやぶるビンタの音《おと》。

教室《きょうしつ》から廊下《ろうか》に出《で》ると、クラスメイトのハルナにビンタをくらった男子《だんし》がうずくまっていた。

「いってえな〜っ、スライディングしただけだろうがっ。」

「ふざけんなキンダニ！」

ハルナは空手《からて》をならっているそうで、からだが大《おお》きくて気《き》が強《つよ》い。

ひっぱたかれるのわかってて、なんでハルナをねらうんだろう？　男子《だんし》ってバカなの？

「あんたって、ほんとこりないね。」

と、ナツキがさめた声《こえ》でつぶやく。

もうひとり、そのようすを見《み》てわらいころげているのがアキナ。『春《はる》・夏《なつ》・秋《あき》』そろってわたしのクラスメイトで、いつも三人《にん》いっしょにいる。

そして『キンダニ』とよばれた男子《だんし》は金田一一《きんだいちはじめ》。『一』がならんで『二』に見《み》えるから、そうよばれている。

ちょっとだけ、害虫《がいちゅう》のダニあつかいされてるからっていうのもあるかも……。

「バカ……。」

思《おも》わずためいきが出《で》る。

あいつはわたしの幼稚園《ようちえん》のころからの幼《おさな》なじみで、となりに住《す》んでる同級生《どうきゅうせい》だ。

ちなみにわたしは七瀬美雪《ななせみゆき》。この不動山市立不動小学校《ふどうやましりつふどうしょうがっこう》の六年生《ねんせい》で、はじめちゃんとは、一年生《ねんせい》のときからクラスもずっといっしょだった。

しかも家《いえ》がとなりで二人《ふたり》ともひとりっこ。

そうなると親《おや》どうしも自然《しぜん》に仲《なか》がよくなるし、留守《るす》のときはおたがいの子《こ》どもをあずかるような関係《かんけい》がずっとつづいてきた。

いま思《おも》うと顔《かお》から火《ひ》が出《で》るくらい恥《は》ずかしいけど、どっちかの家《いえ》にあずけられたときはお風呂《ふろ》もいっしょに入《はい》ってたし、夜《よる》ねるときも同《おな》じベッドだった。

きょうだいみたいなものだったからね、オホホホ、とお母《かあ》さんはわらうけれど、おかげでいまだにはじめちゃんは、ぜんぜんえんりょがない。

部屋《へや》の窓《まど》が開《あ》いてると、きがえ中《ちゅう》でも気《き》にせず屋根《やね》づたいに入《はい》ってきちゃうし、生徒会《せいとかい》の仕事《しごと》でおそく帰《かえ》ってくると、かってに部屋《へや》でわたしの漫画《まんが》を読《よ》んでることもある。

男《おとこ》の子《こ》はいつまでも子《こ》どもだからねー、オホホホ、とお母《かあ》さんはのんきにわらうけれど、あいつの学校《がっこう》でのイタズラぶりを知《し》らないからだ。

アバウト週《しゅう》に二回《かい》は、先生《せんせい》に本気《ほんき》でどなられる問題児《もんだいじ》。

ノートはすべてらくがきとパラパラ漫画《まんが》でうめつくされているし、授業時間《じゅぎょうじかん》はゲームのやりすぎからくる寝不足《ねぶそく》をとりもどすためにあるかのように、いつも居眠《いねむ》りしてばかり。

そんなあいつがいま、クラスではやらせているのは、『ホームスチール』というエッチな遊《あそ》びだった。

野球《やきゅう》にくわしくないから知《し》らなかったけど、ホームスチールというのは、本塁《ホーム》に盗塁《とうるい》することらしい。

友《とも》だちと話《はな》しこんでたりして油断《ゆだん》してる女子《じょし》がいると、そばにキャッチャー役《やく》が近《ちか》づいていってしゃがみこむ。

そしてランナーのふりでもうひとりがすべりこんできて、野球《やきゅう》ごっこをしてるふりでスカートの中《なか》をのぞきみるという、きわめてタチのわるい遊《あそ》びなのだ。

「あはは、金田一《きんだいち》アウトー！」

アホ友《とも》の日比野宙《ひびのそら》が、審判《しんぱん》みたいなポーズをしてみせる。

イラッとして思《おも》わずかけよった。

「はじめちゃん！」

わたしのけんまくに、春夏秋《ハルナナツキアキナ》もたじろぐ。

「お、美雪《みゆき》。おはよ。」

「おはよじゃないでしょ！　なにやってるの、朝《あさ》っぱらから！」

「なにって、ホームスチールだよ。いま、はやってるの知《し》らない？」

「あんたがはやらせたんでしょ！　こんなしょうもないこと、六年生《ねんせい》にもなって……。」

「いや、一年生《ねんせい》がやるには早《はや》すぎじゃね？　ぎゃくに。なぁ、チュウ。」

チュウというのは宙《そら》のこと。ちょっとネズミににていることもあって、そうよばれている。

「三年《ねん》でも早《はや》すぎだなぁ、たしかに。」

「五年《ねん》くらいからだよな？」

「うんうん。」

なにこいつら！

だんだんイライラしてくる。

「てか、なんでおまえが怒《おこ》ってんの？　ハルナならともかく。」

「えっ、なんでって……。」

「もしかして、おまえがやってほしかったとか？」

　ぶちっ。

「バカ――――っ！」

　完全《かんぜん》にキレておもいきりビンタ。

　ものすごい音《おと》と声《こえ》に、ぷりぷりしてたハルナたちもこおりつく。

「み、美雪《みゆき》おまえ、いまのほんとにいたかった……耳《みみ》がキーンとなってる……。」

「自業自得《じごうじとく》よっ！」

　と、耳《みみ》をおさえているあいつをおいて、教室《きょうしつ》にもどろうとしたときだった。

「きゃーっ。」

　と、その教室《きょうしつ》から悲鳴《ひめい》が聞《き》こえた。

　同時《どうじ》にガタガタガターンと大《おお》きな音《おと》。

「はじめちゃん、また！」

つい、ふりかえってどなってしまう。

「いや、オレはここにいるし。」

それはそうよね。

「ご、ごめん……。」

じゃあ、なにごと？

教室《きょうしつ》に入《はい》ると、同《おな》じクラスの鮎川笑美《あゆかわえみ》が、床《ゆか》にうずくまっていた。

2

よほどあわてて飛《と》びのいたのか、教室《きょうしつ》のまん中《なか》あたりにある笑美《えみ》の席《せき》のまわりの机《つくえ》やイスがおしのけられていた。

「どうしたの笑美《えみ》？」

「み、美雪《みゆき》ちゃん……つ、机《つくえ》の中《なか》に……。」

「えっ。」

近《ちか》づいてみて、思《おも》わず飛《と》びのいた。

「ゲコッ……。」

なんと、大《おお》きなカエルが一匹《ぴき》、机《つくえ》の中《なか》でぎょろりとこっちを見《み》ているではないか。

「だれなの？　こんなイタズラした人《ひと》！」

だれも返事《へんじ》をしない。

とうぜんだろう。

「いいよ、もう……。」

わたしのうでをつかむ笑美《えみ》は、目《め》にいっぱい涙《なみだ》をためている。

「よくないよ。ここのところ、毎日《まいにち》なにかイタズラされてるじゃない。そろそろ犯人《はんにん》をつかまえないと、このままずっと……。」

「そうとも、ちっともよくなんかないぜ。」

はじめちゃんが、わたしにたたかれたほっぺたをさすりながら教室《きょうしつ》に入《はい》ってきた。

「てかチュウ、草太《そうた》、ドアしめてだれも教室《きょうしつ》から出《だ》すな。」

「あいよっ。」

チュウがうしろのとびらをしめた。

「おうっ。」

と、村上草太《むらかみそうた》くんは教壇《きょうだん》の近《ちか》くのとびらのまえで、両手《りょうて》をひろげてとおせんぼする。

草太《そうた》くんは五年生《ねんせい》になってからのわたしとはじめちゃんのクラスメイト。

放課後《ほうかご》の『クラブ活動《かつどう》』もいっしょで、はじめちゃんともいちばんの仲良《なかよ》しだけど、生《せい》活態度《かつたいど》は正反対《せいはんたい》かな。

草太《そうた》くんはまじめで、勉強《べんきょう》もよくできるほうだし。

なんで仲《なか》がいいのか、男《おとこ》の子《こ》ってちょっとふしぎ。

「なんで出《で》ちゃいけねーんだよ、キンダニ。」

と、大塚英司《おおつかひでし》くんが、六年生《ねんせい》としてはちょっと小《こ》がらなはじめちゃんを見《み》おろす。

大塚《おおつか》くんはぎゃくに大《おお》がらで、うわ背《ぜい》は百七十センチ近《ちか》くあるらしく、横《よこ》はばも、はじめちゃん二人分《ふたりぶん》ほどもある。

「いいから残《のこ》ってろよ、ヒデブ。」

たぶんきらいなあだなでよばれて、大塚《おおつか》くんの目《め》がつりあがった。

「なんだと、このやろうっ。」

倍《ばい》くらいある大塚《おおつか》くんがつめよっても、はじめちゃんはへいきな顔《かお》で、

「あ、出《で》ていくの？　だったら犯人《はんにん》ってみとめたことになるぜ。」

と、ニヤニヤ。

わたしは、内心《ないしん》ヒヤヒヤだった。

ケンカになったら、ぜったいに勝《か》ちめなんかない。

大塚《おおつか》くんは柔道《じゅうどう》をやってるみたいだし、はじめちゃんはそもそも運動《うんどう》オンチで、うでずもうなんかいまでもわたしのほうが強《つよ》いくらいなんだから。

「はぁー？　なんで出《で》てったら犯人《はんにん》なんだよっ！」

「わかんねーかな、ヒデブ。」

はじめちゃんは、列《れつ》がみだれたままの机《つくえ》をかきわけて、カエルが入《い》れられている笑美《えみ》の席《せき》にむかう。

「犯人《はんにん》は、鮎川《あゆかわ》のビックリする顔《かお》が見《み》たくて、こんなカエルを机《つくえ》の中《なか》に入《い》れたわけだろ？」

と、カエルをつかんで机《つくえ》からとりだし、大塚《おおつか》くんにポイと投《な》げわたした。

「わわっ、なにしやがるっ。」

大塚《おおつか》くんがビックリしてはらいのけると、カエルはピョンピョンはねながら、開《あ》いている窓《まど》のほうにむかっていき、ベランダに出《で》ていった。

「そうそう。そんなふうにビビるところを見《み》たくて、こんなイタズラをしかけたわけ。だったら教室《きょうしつ》に残《のこ》って、心《こころ》の中《なか》でニヤニヤしながら、鮎川《あゆかわ》がくるのを待《ま》ってたにきまってるじゃん。」

「なるほどなぁ。」

いつのまにか草太《そうた》くんもよってきて、はじめちゃんの『推理《すいり》』に聞《き》きいっている。

教室《きょうしつ》にはほかに、わたしとはじめちゃんをふくめて十人《にん》ほどの生徒《せいと》がいた。

つまりはじめちゃんは、この中《なか》に犯人《はんにん》がいるといいたいらしい。

「すばらしいっ。」

と、手《て》をたたいたのは、クラス委員《いいん》の中村正義《なかむらせいぎ》くん。

しょうらいは弁護士《べんごし》になりたいと、五年生《ねんせい》で同《おな》じクラスになったときの自己紹介《じこしょうかい》でいっていた秀才《しゅうさい》くんだ。

「ぜひ聞《き》きたいな、金田一《きんだいち》くんの推理《すいり》のつづきを。なぁ、大塚《おおつか》くん。キミもやましいところがないなら、ここに残《のこ》って聞《き》いてみようじゃないか。」

と、教卓《きょうたく》のすぐまえの席《せき》でふりかえって、読《よ》んでいた本《ほん》をとじてちょっと長《なが》めの前髪《まえがみ》をかきあげてみせた。

そういうカッコつけてるところが、わたしはあまり好《す》きじゃなかったけれど、クラスの女子《じょし》にはいちばん人気《にんき》らしい。

ちなみに最下位《さいかい》は……わたしの幼《おさな》なじみだったりする。

はあー……。

まあ、むりもないか。いいところもあるんだけどなぁ……。

「へっ、じょうとうだ。聞《き》いてやろうじゃねえか、キンダニ。」

大塚《おおつか》くんはひらきなおるように、どっかといちばんうしろの席《せき》にすわりこむ。

彼《かれ》は席《せき》がえのたびに、お気《き》にいりの窓《まど》ぎわのいちばんうしろの席《せき》にくじびきできまった子《こ》から、その席《せき》の『当《あ》たりくじ』をおどしとって、ずっとそこにすわりつづけている。

先生《せんせい》も気《き》づいてはいるようだけど、五年生《ねんせい》からの担任《たんにん》で若《わか》くてきれいな北条香苗先生《ほうじょうかなえせんせい》は、見《み》て見《み》ぬふりをしているみたい。

「ま、とはいってもこっからさきは、廊下《ろうか》にいたオレにはなにがどうなったのか、はっきりはわからないからな。だれか目撃者《もくげきしゃ》がいたほうがいいんだよな……ずっと見《み》てたヤツは……セイギ、おまえは？」

「ああ、もちろん見《み》てたよ。」

「じゃあ、おしえてくれよ。鮎川《あゆかわ》がどんなようすだったか、教室《きょうしつ》に入《はい》ってきたところから、弁護士《べんごし》めざしてるセイギの記憶力《きおくりょく》をいかして、なるたけくわしく。」

「いいとも。」

中村《なかむら》くんは注目《ちゅうもく》している女子《じょし》たちを意識《いしき》して、なんども髪《かみ》をかきあげながら話《はな》しはじめた。

「鮎川《あゆかわ》さんが入《はい》ってきたのは、廊下《ろうか》で金田一《きんだいち》くんがバカさわぎしてるときだったな。入《い》り口《ぐち》のところで七瀬《ななせ》さんのどなり声《ごえ》に一度《いちど》ふりかえったけど、すぐにまた自分《じぶん》の席《せき》にむかって歩《ある》きだしたんだ。」

「ふんふん、なるほど。」

はじめちゃんは、うでをくんですわり、机《つくえ》に足《あし》をのせて聞《き》いている。

「それで？　くわしくね、くわしく。」

「立《た》ちどまって、ちらっと時計《とけい》を見《み》たよ。教室《きょうしつ》の時計《とけい》をね。ぼくもつられて見《み》たから時間《じかん》もおぼえてる。八時《じ》十五分《ふん》だった。」

「ふむふむ。さすがだね。八時《じ》十五分《ふん》か。」

「それから、鮎川《あゆかわ》さんはまっすぐに自分《じぶん》の席《せき》のところにきて、すわって机《つくえ》に手《て》を入《い》れて中《なか》に入《はい》ってる副読本《ふくどくほん》と辞書《じしょ》をとりだした。で、その奥《おく》にとじこめられてたカエルにさわってしまって、悲鳴《ひめい》をあげたってわけだ。」

「なるほど。だいたいそんな感《かん》じかい？　鮎川《あゆかわ》。」

「うん。たしか……。」

笑美《えみ》はまだ少《すこ》しはなをすすっている。

よっぽどショックだったみたい。かわいそうに。

「そうか。すごい記憶力《きおくりょく》じゃん、セイギ。さすが弁護士《べんごし》めざしてるだけあるよ。」

「いや、それほどでもないさ。」

「で、そのときおまえはなにやってたの?」

「ぼくかい? ぼくはこの本《ほん》を読《よ》んでたよ。」

と、中村《なかむら》くんは机《つくえ》の上《うえ》にふせた本《ほん》を手《て》にとってみせた。

「へえーっ。いちばんまえの席《せき》でうしろをむいて、本《ほん》を読《よ》んでたんだ。」

「えっ……。」

「でもって、鮎川《あゆかわ》が教室《きょうしつ》に入《はい》ってきてからカエルでビックリするまでのあいだになにをしたか、じーっと見《み》てておぼえてたわけね。すごいね、おまえ。」

「い、いやそれは……。」

「それとも頭《あたま》のうしろにも目《め》がついてるとか? でもって、まえの目《め》で本《ほん》を読《よ》みながら、うしろの目《め》で鮎川《あゆかわ》のこと、じーっと見《み》てたとか? それはそれでぶきみすぎるけどさ。」

「………。」

中村《なかむら》くんは顔《かお》をまっ赤《か》にして、

「な、なにがいいたいんだ、金田一《きんだいち》!」

と、立《た》ちあがった。

「なにがいいたいかって？　聞《き》きたいか？」

はじめちゃんも立《た》ちあがる。

そして中村《なかむら》くんに近《ちか》づいて、

「鮎川《あゆかわ》の机《つくえ》にカエルを入《い》れた犯人《はんにん》は、中村正義《なかむらせいぎ》、おまえだってことさ。」

3

意外《いがい》なほうにすすみだした推理《すいり》に、うたがわれていると思《おも》ってぶぜんとしていた大塚《おおつか》くんは目《め》を白黒《しろくろ》させて、はじめちゃんと中村《なかむら》くんを見《み》くらべている。

「な、な、なにをバカな……。」

中村《なかむら》くんはさらに赤面《せきめん》して、

「い、いいがかりだっ。そんなこと、ぼくがするわけないだろ？　べ、弁護士《べんごし》めざしてるのに。クラス委員《いいん》なのに……。」

「クラス委員《いいん》だからできたんだよ。あのカエル、理科室《りかしつ》で飼《か》ってるカイボウにつかうヤツだろ。昨日《きのう》の授業《じゅぎょう》のあと、おまえ、クラス委員《いいん》だからってんで、先生《せんせい》にかぎをわたされてなにかたのまれてたよな。そのとき、ふと思《おも》いついて、カエルを一匹盗《ぴきぬす》んで、ビニール袋《ぶくろ》かなにかに入《い》れてもちかえったんだ。でもって、自分《じぶん》の机《つくえ》の中《なか》にかくして帰《かえ》った。」

「………。」

中村《なかむら》くんはいいかえせずに、だまってふるえている。

「で、今朝《けさ》いちばんに学校《がっこう》にきたおまえは、こっそりとそのカエルを、鮎川《あゆかわ》の机《つくえ》にしこんだってわけ。ちがうか？　セイギ。」

「ち、ちがう。しょ、証拠《しょうこ》はあるのかよ、証拠《しょうこ》は……。」

消《き》えいるような声《こえ》でいいかえす。

でもその声《こえ》が、はじめちゃんの推理《すいり》が正《ただ》しいことのあかしだった。

「証拠《しょうこ》ねえ。そうだな。たとえばひと晩《ばん》、カエルを飼《か》ってたかもしれない、その机《つくえ》の中《なか》のニオイなんてどうだ？」

「えっ。」

ぎょっとなって、思《おも》わず机《つくえ》をのぞきこんで、中村《なかむら》くんはニオイをかぎだした。

もう、自白《じはく》してるみたいなものだよね、それって。

「チュウ、かわりにかいでやったら?」

「かぐかぐ。オレ、鼻《はな》いいもん。」

と、近《ちか》づいたチュウを、中村《なかむら》くんはおしのけてさけんだ。

「やめろ!」

「じゃあ、犯人《はんにん》だとみとめるか?」

「みとめるもんかっ!」

「ふーん。まあいいや。でもおまえ、あやしすぎるし名前《なまえ》かえたら? 正義《せいぎ》じゃなくて、『容疑《ようぎ》』なんてどう?」

「……お、おぼえてろ、金田一《きんだいち》。」

始業《しぎょう》ベルの鳴《な》りひびく中《なか》、中村《なかむら》くんは涙目《なみだめ》で教室《きょうしつ》を出《で》ていってしまった。

「先生《せんせい》にはいいわけしといてやるから、ホームルームおわるまでには、顔《かお》あらってもどってこいよーっ。」

はじめちゃんはそういって、わたしを見《み》て舌《した》を出《だ》した。

「やりすぎよ、はじめちゃん。」

たしなめながら、気持《きも》ちはなんだかすっきりしていた。

「ありがとう、金田一《きんだいち》くん！」

たぶんべつの理由《りゆう》でうるうるしながら、笑美《えみ》がはじめちゃんのまえにきて、おがむように手《て》をあわせた。

「んー、いやべつに、たいしたことじゃないって。でもこれで、もうあいつもおまえにイタズラとかしないだろ。よかったな。」

「ここのところずっと、うわばきにイモムシが入《はい》ってたり、いやなことがつづいてたの。それみんな、中村《なかむら》くんだったのかな。」

「う〜ん、どうかな。」

「たぶんそうだろうね。」

草太《そうた》くんがわりこんで、

「もしかしたらあいつ、鮎川《あゆかわ》のことが好《す》きなんじゃないかな。そういうの、あるんだよな、男子《だんし》は。」

「やだ、気持《きも》ちわるい。ぜったいイヤ、あんなヤツ。だいっきらい。」

「ははは。そりゃそうだよな。こんなことされちゃ。」

と、草太《そうた》くん。この二人《ふたり》は五年生《ねんせい》のとき、ちょっとウワサになったことがある。

でも、笑美《えみ》に聞《き》いたら、ぜんぜんそんなことなかったみたいで。

じゃあだれが好《す》きなの、って聞《き》いたんだけど、はぐらかされたままだった。

笑美《えみ》はすごい美人《びじん》ってわけじゃないけど、女子《じょし》のわたしから見《み》てもほんとうにかわいい。

いやし系《けい》っていうのかな。

明《あか》るくて怒《おこ》ったりしなくて、だれにでもやさしくてコロコロよくわらって、わらうとえくぼができて、ちょっと目《め》がたれてて。

かばってあげたくなるタイプっていうのかしら。

男子《だんし》にはいちばん人気《にんき》じゃないかと、わたしは思《おも》ってる。

そんな笑美《えみ》が、涙《なみだ》をぬぐってメッチャえくぼをつくって、あいきょうのある八重歯《やえば》を見《み》せていった。

「あたしはね、ふだんはいいかげんぽくても、いざっていうときにたよりになる人《ひと》がいい。」

そうなんだ。

えーと。

……どこかにいたような、いなかったような。

えっ。ちょっとまさか。

だめだよ、それは！

あいつは、だめ！

だって、だってあいつは……。

「はいはいはい、なんのさわぎ？　席《せき》についてね、みんな。もうホームルームの時間《じかん》よ。」

北条先生《ほうじょうせんせい》がパンパンと手《て》をたたきながら、教室《きょうしつ》に入《はい》ってきた。

「クラス委員《いいん》。七瀬《ななせ》さん、ちょっといいかな？」

「はい、なんでしょう、先生《せんせい》。」

「なんかね、いま、廊下《ろうか》でもうひとりのクラス委員《いいん》くんとすれちがったの。泣《な》いてトイレにかけこんだみたいだけど、なにかあったのかしら？」

「いえ、とくになにも。おなかこわしたとか、そういうことじゃないでしょうか。」

「ふーん。ならいいけど……いや、よくないか。あとで、トイレから出《で》たらちゃんと保健《ほけん》室《しつ》にいくように、いっといてくれる？」

「はい、先生《せんせい》。」

「じゃ、ホームルームをはじめるから、みんな席《せき》について。」

また、パンパンと手《て》をたたく。

「あ、そうだ。」

教壇《きょうだん》にあがろうとして立《た》ちどまり、はじめちゃんを指《ゆび》でさす。

「金田一《きんだいち》くん、ちょっといい？」

「はぁい、せんせー。なんスか？」

はじめちゃんは、まのびした声《こえ》で返事《へんじ》をして手《て》をあげた。

「これなんだけど。」

と、わきにはさんでもってきた出席簿《しゅっせきぼ》から、なにか紙《かみ》をとりだして、それを指先《ゆびさき》でつまんで頭《あたま》の上《うえ》でピラピラ見《み》せながらはじめちゃんに近《ちか》づいて、

「夏休《なつやす》みにクラブの合宿《がっしゅく》にいく伊豆沖《いずおき》の島《しま》の古《ふる》い地図《ちず》のコピーよ。八丈島《はちじょうじま》にある神社《じんじゃ》から見《み》つかった古文書《こもんじょ》にあったものでね。宝《たから》の地図《ちず》かもしれないの。」

と、てわたす。

古文書《こもんじょ》というのは、大《おお》むかしの人《ひと》が書《か》きのこしたものをいう。その時代《じだい》のできごととか、あとの人《ひと》たちに伝《つた》えたいことなどが書《か》かれている本《ほん》や日記《にっき》みたいなものかな。

「えっ、マジ？　お宝《たから》？」

と、はじめちゃんは目《め》をかがやかせる。先生《せんせい》はクスッとわらって、

「好《す》きでしょ、こういうの。」

と、教壇《きょうだん》にもどりながら、

「いってみたいところはどこか、ちょっと考《かんが》えておいてくれないかしら、放課後《ほうかご》の『冒険《ぼうけん》クラブ』の活動《かつどう》までに。」

「それってつまり、お宝《たから》がありそうなところを中心《ちゅうしん》に、ってことっスよね。」

「そういうことよ。」

先生《せんせい》は色《いろ》っぽくウインクしてみせた。

へんな先生《せんせい》だ。

生徒《せいと》にむかってウインクなんて。

「さて、ホームルームをはじめまーす。」

教壇《きょうだん》にもどった北条先生《ほうじょうせんせい》のほうをチラ見《み》しながら、笑美《えみ》が聞《き》いてくる。

「ねえ美雪《みゆき》ちゃん。『冒険《ぼうけん》クラブ』って、なに？」

「放課後《ほうかご》クラブ活動《かつどう》のひとつよ。笑美《えみ》もクラブはなにか入《はい》ってるでしょ？　たしか、読書《どくしょ》クラブだったっけ？」

「それって、いまから入《はい》れるものなの？」

「だいじょうぶだと思《おも》うよ。人数少《にんずうすく》なくて、あたしとはじめちゃ……金田一《きんだいち》くんと、草太《そうた》くんとチュウくんの四人《にん》だけだし。」

「……美雪《みゆき》ちゃんと草太《そうた》くん、チュウくん……それに、金田一《きんだいち》くんもいるんだね。あたしも、入《はい》ろっかな。」

「もちろん、大《だい》かんげいよ、笑美《えみ》なら。」

笑顔《えがお》でそう答《こた》えながら、わたしはな〜んとなくモゾモゾするような不安《ふあん》を感《かん》じていたのだった。

4

放課後《ほうかご》クラブは、高学年《こうがくねん》の四年生《ねんせい》からはじまる課外活動《かがいかつどう》のひとつ。

活動《かつどう》は校庭《こうてい》や校舎内《こうしゃない》のあちこちの部屋《へや》をつかっておこなうけれど、『冒険《ぼうけん》クラブ』は人数《にんずう》が少《すく》ないので、ふだんの教室《きょうしつ》のすみに机《つくえ》をよせて集《あつ》まっていた。

「え〜、そういうわけで今日《きょう》から鮎川笑美《あゆかわえみ》さんが、わたしたち『不動小学校冒険《ふどうしょうがっこうぼうけん》クラブ』の仲間《なかま》にくわわってくれることになりました。みなさんよろしく。」

顧問《こもん》の北条先生《ほうじょうせんせい》はごきげんなようすでいった。

先生《せんせい》にしてみれば、たった四人《にん》しかいなかった部員《ぶいん》がふえるのは大《だい》かんげいだろう。

「みんな、よろしくね。」

と、人《ひと》なつっこくえくぼをつくる笑美《えみ》に、男子《だんし》三人《にん》はどことなくウキウキしているように見《み》える。

もちろん、わたしもうれしいよ。

うん。

「さて、さっそく今日《きょう》話《はな》したいのは、夏休《なつやす》みのクラブ合宿《がっしゅく》についてです。金田一《きんだいち》くん、今朝《けさ》わたしした地図《ちず》、見《み》ておいてくれた？」

「もちろんっスよ。お宝《たから》がどこかにうまってるんですよね。」

「ええ、そういわれてることはたしかよ。伊豆七島《いずしちとう》の八丈島《はちじょうじま》にある神社《じんじゃ》から見《み》つかった古《こ》文書《もんじょ》によれば、桃太郎《ももたろう》とたたかってまけた鬼《おに》たちが、この島《しま》にながれついて、鬼《おに》の宝《たから》をかくしたという話《はなし》なの。」

「へえーっ、すごい話《はなし》ですね、ほんとうなら。」

と、草太《そうた》くん。彼《かれ》は、とっぴょうしもない話《はなし》はあまり信《しん》じない。

でも、きらいではないらしい。

「ほんとうかどうかを、しらべにいくのが今回《こんかい》の冒険《ぼうけん》クラブの合宿《がっしゅく》の目的《もくてき》なの。いまのところ手《て》に入《はい》ったのはこの地図《ちず》だけだけれど、いま神社《じんじゃ》にたのんで古文書《こもんじょ》の宝物《たからもの》について書《か》かれた部分《ぶぶん》をとりよせてる。合宿《がっしゅく》までには手《て》に入《はい》るはずよ。」

「へーっ、すっげーな。どんな宝物《たからもの》なんですか、それ。」

チュウが聞《き》くと、先生《せんせい》はニヤリとわらって、

「いわゆる金銀財宝《きんぎんざいほう》。いまでいう宝石《ほうせき》らしいものもたくさんあったんじゃないかって。」

「うっひょーっ。それを見《み》つけたら、オレたち大金持《おおがねも》ちじゃないですか。」

と、はじめちゃん。朝《あさ》のホームルームのまえに先生《せんせい》から地図《ちず》をもらって以来《いらい》、ずっとそればっかりで授業《じゅぎょう》をまったく聞《き》いていなかった。

お宝《たから》が見《み》つかったら、どんなゲームを買《か》おうかなとか、そんなことしか考《かんが》えていないのは、さすがに問題《もんだい》だと思《おも》う。

「アハハ。さすがにそんなに簡単《かんたん》には見《み》つからないと思《おも》うけど、キミがいうともしかしたら、って気《き》もしてくるわね。」

北条先生《ほうじょうせんせい》は、はじめちゃんのことを、やけに高《たか》く評価《ひょうか》している。

成績《せいせき》とかサイアクなのに、なんでだろうって思《おも》うことがあって、先生《せんせい》にちらっと聞《き》いた

ことがある。

そうしたら、ナイショだからねとまえおきして、頭《あたま》のよさをはかる知能《ちのう》テストというものがあって、三年生《ねんせい》のときにうけたその成績《せいせき》が、ちょっとビックリするくらいよかったのだとおしえてくれた。

ほかの先生《せんせい》はみんなマグレだろうっていっていたみたいだけど。

「で、島《しま》のどこをしらべてみたい？　金田一《きんだいち》くんは。」

「そうだな～……すごくめずらしい形《かたち》してますよね、この島《しま》。チョウがハネをひろげたみたいな形《かたち》で、一回見《いっかいみ》たらわすれられないでしょ。そこになにか意味《いみ》があるのかも。」

「なるほど、いいところに目《め》をつけたわね。たとえば、どんな意味《いみ》？」

「この島《しま》をなにかにたとえるなら、ぜったいにアゲハチョウだと思《おも》うんですよね。でも、島《しま》の名前《なまえ》は……チョウじゃないよね、この字《じ》。」

地図《ちず》にある島《しま》の名前《なまえ》は、『烏島』だった。

「これ、なんて読《よ》むの、美雪《みゆき》。」

「からすよ。からす島《じま》。」

「あ、なるほどそうか！　じゃあこの島《しま》、カラスアゲハなんだ。」

「カラスアゲハ？」

と、チュウ。

「知《し》らないのかよ、チュウ。まっ黒《くろ》でさ、きれいなアゲハなんだぜ。」

「へえー。」

「カラスアゲハの島《しま》か……そこになにか、お宝《たから》のかくし場所《ばしょ》のヒントがありそうな気《き》がするな……。」

はじめちゃんは、あごに手《て》をあてて真剣《しんけん》な顔《かお》つきになる。

こういうときは、ちょっと別人《べつじん》みたい。

なんかキリリとして、たよりがいがある感《かん》

じで。

幼稚園《ようちえん》のころから、そうだった。

わたしがこまってるとき、こんな顔《かお》になって考《かんが》えてくれて、ぜったいになんとかしてくれたんだよね。

ほんと、むかしのはじめちゃんは……。

「先生《せんせい》！」

ふいに、笑美《えみ》が手《て》をあげた。

「この島《しま》に合宿《がっしゅく》にいくんですか。からす島《じま》に。」

「ええ、そうよ。鮎川《あゆかわ》さん、どうしたの急《きゅう》に。」

「あたし、この島《しま》に住《す》んでたことあるんです。幼稚園《ようちえん》くらいのころから、小学校《しょうがっこう》三年《ねん》まで。」

「ええっ、ほんとに？」

先生《せんせい》はビックリ。わたしもビックリ。

「ほんとです。お父《とう》さんが学校《がっこう》の先生《せんせい》をしてて、この小《ちい》さい島《しま》にある小学校《しょうがっこう》と中学校《ちゅうがっこう》につとめることになって、それで家族《かぞく》でいっしょに引《ひ》っ越《こ》して、四年《ねん》くらい住《す》みました。」

「それはおどろきね。すごいぐうぜんだわ。」

「ほんとにそうです。すごいぐうぜん。うれしいな。やっぱり入《はい》ってよかった、冒険《ぼうけん》クラブに。」

「先生《せんせい》もうれしいわ、入部《にゅうぶ》してくれて。おかげで夏休《なつやす》みの合宿《がっしゅく》が、ぐっともりあがる気《き》がしてきたわね。」

「あーっ、夏休《なつやす》みが待《ま》ちどおしい。あと一週間《しゅうかん》も待《ま》ちきれないよ。ね、美雪《みゆき》ちゃん？」

笑美《えみ》はうれしそうにえくぼをつくる。

「もちろん、あたしもだよ、笑美《えみ》。」

そう答《こた》えながら、やっぱりちょっと、ほんのちょっとだけ不安《ふあん》な気持《きも》ちになってしまった。

どうしてだろう。

やだな、もう……。

はじめちゃんを見《み》た。

あいつはのんきに、たぶん宝物《たからもの》を見《み》つけてゲームを山《やま》ほど買《か》いこむ夢《ゆめ》でも心《こころ》にえがきながら、地図《ちず》を穴《あな》のあくほどながめていた。

そんなわたしたちは、このときまだぜんぜんわかっていなかったんだ。

からす島《じま》に秘《ひ》められたおそろしい伝説《でんせつ》のことも、そしてかくされているたくさんの謎《なぞ》も。

なによりも、この夏休《なつやす》みの合宿《がっしゅく》が、わたしたち冒険《ぼうけん》クラブのみんなにとって、はじめてのほんとうの『冒険《ぼうけん》』になってしまうなんて。

わたしはもちろんはじめちゃんも、まだ少《すこ》しも気《き》づいていなかった……。

その2

からす島《じま》の伝《でん》説《せつ》

1

からす島《じま》は伊《い》豆《ず》七《しち》島《とう》のひとつ八丈島《はちじょうじま》から小《ちい》さい船《ふね》にのりかえていく、太平洋《たいへいよう》のはなれ小《こ》島《じま》だ。

一時間《じかん》くらいでつく八丈島《はちじょうじま》までの飛行機《ひこうき》は快適《かいてき》だったけれど、そこからからす島《じま》にむかう船《ふね》はひどくゆれて、なれないわたしたちはみんなふらふらになってしまった。

乗客《じょうきゃく》はわたしたち六人《にん》と、あとは白《しろ》いシャツにネクタイの二人組《ふたりぐみ》の男《おとこ》の人《ひと》たち、それともうひと組《くみ》、夏《なつ》だというのにスーツをきてネクタイをしめた、帽子《ぼうし》と黒《くろ》ぶちメガネの男性《だんせい》客二人《きゃくふたり》がのっていた。

白《しろ》シャツのほうは、ひとりは四十歳《さい》くらいだろうか、マスクをしていてときどきせきこんでいる。もうひとりの若《わか》いほうは、部下《ぶか》なのかかしこまったようすで、マスクの人《ひと》の話《はなし》にしきりにうなずいていた。

もうひと組《くみ》のスーツに帽子《ぼうし》、黒《くろ》ぶちメガネの男《おとこ》の人《ひと》たちは、船《ふね》のすみっこにずっとすわっていて、背《せ》をむけて地図《ちず》をひろげ小声《こごえ》でなにか話《はな》していて顔《かお》もよくわからない。

ただひとりはふとっていて顔《かお》にひげをはやしているのが、ちらっと見《み》えた。

もうひとりはやせがたで、背《せ》をまるくして地図《ちず》になにか書《か》いている。

あれはからす島《じま》の地図《ちず》だよね、きっと。

まさかこの人《ひと》たちも、からす島《じま》にかくされていると古文書《こもんじょ》に書《か》かれた、宝物《たからもの》をさがしにいくわけじゃないよね。

「ようやく見《み》えてきたわよ。」

甲板《かんぱん》に立《た》って双眼鏡《そうがんきょう》でとおくを見《み》ていた先生《せんせい》が、ふりかえってみんなにいった。

「ほら、からす島《じま》よ、あれが。」

指《ゆび》をさしたそのさきに見《み》えたのは、緑《みどり》にかこまれた小《ちい》さな島《しま》だった。

島《しま》に到着《とうちゃく》すると、船《ふな》つき場《ば》の係《かかり》の男《おとこ》の人《ひと》が待合所《まちあいじょ》に案内《あんない》してくれた。

しかし帽子《ぼうし》にスーツの二人組《ふたりぐみ》は、まっさきにいそいそと船《ふね》をおりると、手《て》をふって案内《あんない》をことわり、かってにどこかに歩《ある》いていってしまった。

待合所《まちあいじょ》で五分《ふん》ほど待《ま》っていると、小学生《しょうがくせい》らしき男《おとこ》の子《こ》二人《ふたり》がやってきた。

二人《ふたり》は島《しま》に住《す》んでいる小学生《しょうがくせい》で、ひとりは、大《おお》きいとはいえないはじめちゃんよりも小《ちい》さいくらいで、やせがた。もうひとりはぎゃくに、横《よこ》もたても、ヒデブ……じゃなかった大塚英司《おおつかひでし》くんくらいあった。

二人《ふたり》とも、三年生《ねんせい》までは笑美《えみ》の同級生《どうきゅうせい》だったみたい。

ひさしぶりに会《あ》ったという二人《ふたり》は、笑美《えみ》を見《み》てとてもおどろいていた。

笑美《えみ》の話《はなし》ではれんらく先《さき》もいまはわからなくなっていたそうなので、会《あ》えるなんて思《おも》ってもいなかったのだろう。

笑美《えみ》もその二人《ふたり》も、とてもうれしそうで、しきりに手《て》をふりあっていた。

八人分《にんぶん》の荷物《にもつ》のほとんどを、ふとったほうの子《こ》がひとりでもって軽《けい》トラックの荷台《にだい》におさめると、そのまま助手席《じょしゅせき》にのりこんだ。

船《ふな》つき場《ば》の係《かかり》の男《おとこ》の人《ひと》の運転《うんてん》で、さきに宿《やど》にはこんでくれるということだった。

そして残《のこ》った小《こ》がらな男《おとこ》の子《こ》が、みんなのまえに立《た》ってあいさつをはじめた。

「みなさん、はじめまして。ぼくはこの島《しま》に住《す》んでいる小学《しょうがく》六年生《ねんせい》で、白河勇気《しらかわゆうき》といいます。七十八人《にん》しか住《す》んでいない島《しま》ですので、お客《きゃく》さんがきたときは、大人《おとな》も子《こ》どももみんなでかんげいすることになっていて、ぼくは島《しま》の案内《あんない》をする役《やく》わりです。」

小《しょう》六でそんなことまでしてるなんて、すごい。

背《せ》は小《ちい》さいけれど、話《はな》し方《かた》もしっかりしていて、とても同《おな》じ学年《がくねん》とは思《おも》えない。

白河《しらかわ》くんの案内《あんない》で、わたしたちは島《しま》を散策《さんさく》することになった。

このからす島《じま》に八丈島《はちじょうじま》からの船《ふね》がくるのは一日《にち》に二度《ど》で、わたしたちがのってきた午後《ご》四時到着《じとうちゃく》の便《びん》と、あとは朝《あさ》の便《びん》の二つがあるだけ。

からす島《じま》を出《で》る朝《あさ》の便《びん》は、子《こ》どもたちが学校《がっこう》にかよう時期《じき》は、始業《しぎょう》にまにあうように朝《あさ》八時発《じはつ》だけれど、夏休《なつやす》みのあいだは一時間《じかん》おそく、九時《じ》に出《で》ることになっているとのことだった。

笑美《えみ》がいたころにかよっていた小学校《しょうがっこう》はもうなくなってしまって、いまは白河《しらかわ》くんたちも、この船《ふね》で八丈島《はちじょうじま》の学校《がっこう》までかよっているのだという。

からす島《じま》はとてもきれいなところで、道《みち》にそってひろがる海《うみ》は、青《あお》い宝石《ほうせき》みたいにかがやいていた。

「うおーっ、すっげえきれいな海《うみ》！」

「ひょーっ。」

「気持《きも》ちいいーっ。」

歓声《かんせい》があがる。

空《そら》ははれわたり、太陽《たいよう》の光《ひかり》は東京《とうきょう》よりずっとまぶしい。

道《みち》ばたにはえている植物《しょくぶつ》も、葉《は》や花《はな》がどことなく東京《とうきょう》のものとちがう。南国《なんごく》の植物《しょくぶつ》なのだろう。

そしてまわりを見《み》わたしても、たてものがほとんど見《み》あたらない。

東京都《とうきょうと》の一部《いちぶ》だというのが、信《しん》じられないくらいに自然《しぜん》がいっぱいだった。

「すっごいきれいな海《うみ》ね、はじめちゃん。」

思《おも》わずよびかけると、はじめちゃんはおなかがすいているのか、

「ほんとだな。ウマい魚《さかな》がいっぱい泳《およ》いでそうだ。」

などと、デリカシーのない返事《へんじ》をかえしてきた。

「ねえ見《み》て見《み》て、この花《はな》、ブーゲンビリアよ。なつかしい！」

と、笑美《えみ》。

花《はな》をつんで、においをかいでいる。

あちこちに南国《なんごく》の花《はな》がさいていて、そのせいもあるのかチョウがたくさん飛《と》んでいる。

チョウの多《おお》くはアゲハチョウで、しかも色《いろ》が黒《くろ》いものがほとんど。

きっとカラスアゲハだろう。

からす島《じま》という名前《なまえ》は、この島《しま》にたくさん生息《せいそく》しているカラスアゲハからきているにちがいない。

少《すこ》しだけぶきみに思《おも》ったのは、ほら穴《あな》がたくさんあること。

三十分《ぷん》ほど散策《さんさく》しているあいだに白河《しらかわ》くんがおしえてくれただけでも、七つのほら穴《あな》があった。

「こっち側《がわ》は、チョウの形《かたち》をした島《しま》の左《ひだり》のハネにあたる部分《ぶぶん》です。反対側《はんたいがわ》にも同《おな》じ数《かず》のほら穴《あな》があるんですよ。どのほら穴《あな》にもコウモリがたくさんすんでます。人《ひと》が近《ちか》づくと、たまにおそいかかってくるので気《き》をつけてくださいね。」

と、白河《しらかわ》くんは笑顔《えがお》でいったけれど、わたしたちはにが笑《わら》いしながら聞《き》いていた。

2

島《しま》の散策《さんさく》をおえて案内《あんない》された宿《やど》は、島《しま》でただひとつ残《のこ》っている『アゲハ荘《そう》』という平屋《ひらや》の和風旅館《わふうりょかん》だった。

むかしはサンゴ礁《しょう》のあるきれいな海《うみ》と、島《しま》にわいている温泉《おんせん》めあての客《きゃく》でにぎわったこともあったらしいけれど、いまはおとずれる客《きゃく》はひと月《つき》に五組《くみ》か六組《くみ》だという。

ただ、旅館《りょかん》のあるじのおじいさんが食事《しょくじ》からなにからすべてひとりでやりくりしているから、生活《せいかつ》はそれでじゅうぶんできるそうで、たまに客《きゃく》が多《おお》いときには、近所《きんじょ》のおかみさんとか子《こ》どもが手伝《てつだ》いにかりだされるらしい。

旅館《りょかん》は古《ふる》びたかわら屋根《やね》のたてものだったけれど、中《なか》はきちんとそうじされていて、せいけつな感《かん》じだ。

庭《にわ》には花《はな》がいっぱいで、くだもののなる木《き》もうえられている。

裏庭《うらにわ》のさきは海《うみ》に面《めん》したガケで、十五メートルほど下《した》は入《い》り江《え》になっていて、ひろびろとした白砂《しろすな》のビーチに、階段《かいだん》でおりていけるようになっているらしい。

きっと部屋《へや》からは、海《うみ》がよく見《み》えるにちがいない。

「さあ、みなさんおあがりください。船《ふね》はちょっとゆれたでしょう。おつかれでしたら、温泉《おんせん》もいつでも入《はい》れますので。」

顔《かお》をくしゃくしゃにしてわらうおじいさんは、とてもやさしそうで、わたしたちは出《で》会《あ》ってすぐに好《す》きになれた。

「富安《とみやす》のおじいちゃん、おひさしぶりです。」

笑美《えみ》はひとり、おじいちゃんのまえに出《で》て、大《おお》きく頭《あたま》をさげてあいさつする。

「ええと……すまんね、目《め》も耳《みみ》もあまりよくなくて……ああ、もしかして鮎川先生《あゆかわせんせい》の娘《むすめ》さんの？」

近寄《ちかよ》ってじっと見《み》ているうちにおじいちゃんも思《おも》い出《だ》したようで、またさらに顔《かお》をくしゃくしゃにして、笑美《えみ》の頭《あたま》をなでながら、

「ひさしぶりだねえ、ええと……。」

「笑美《えみ》です。」

「そうそう、笑美《えみ》ちゃん。もう十年《ねん》ぶりくらいかねえ。」

「まさか。あたしまだ十二歳《さい》ですよ。島《しま》を出《で》てから二年半《ねんはん》くらいしかたっていません。」

「おやおや、そうかい？　ははは、だいぶボケちまったな、じいちゃんも。」

「そんなことないです。お元気《げんき》そうですよ、いまもかわらず。」

再会《さいかい》をよろこんでいる二人《ふたり》を見《み》ていると、わたしたちまで笑顔《えがお》になる。

夏休《なつやす》みに学校《がっこう》の活動《かつどう》で、友《とも》だちとこんなところにこられるなんて。

このときまでのわたしは、なにか楽《たの》しいことがおきそうでワクワクが止《と》まらなかった。

「あとでいっしょに温泉入《おんせんはい》ろうね。」

などと、わたしは笑美《えみ》と大《おお》はしゃぎだった。

まさかこれからすぐに、とんでもない『事件《じけん》』が待《ま》ちうけているとも知《し》らずに……。

3

「ちょっとよろしいですか。」

うちとけて話《はな》しこんでいる、わたしたちとおじいちゃんのあいだに、男《おとこ》の人《ひと》がわりこんできた。

船《ふね》にいっしょにのってきた白《しろ》いシャツとネクタイの二人組《ふたりぐみ》、その年上《としうえ》っぽいほうだ。

もうひとりの若《わか》い男《おとこ》の人《ひと》は、少《すこ》しうしろのほうにいて、古《ふる》くなった宿《やど》のようすを見回《みまわ》して、にが笑《わら》いをうかべている。

なんだか、感《かん》じわるいんですけど。

「富安秋声《とみやすしゅうせい》さんですね。わたしども、こういうもので。」

年上《としうえ》のほうが名刺《めいし》をさしだした。

おじいちゃんは受《う》けとるが、字《じ》が小《ちい》さくて読《よ》めないようで、

「ええと、なんてお読《よ》みするのかな。」

と、目《め》をほそめてくびをひねっている。

男《おとこ》の人《ひと》はいらだたしそうにチッと小《ちい》さく舌打《したう》ちして、

「蛟伸吉《みずちのぶよし》ともうします。太平洋《たいへいよう》リゾート開発《かいはつ》という、観光資源《かんこうしげん》の開発《かいはつ》をおこなっている会《かい》社《しゃ》のものでございます。」

「はあ……。」

「息子《むすこ》さんの富安夏樹《とみやすなつき》さんとの共同事業《きょうどうじぎょう》の視察《しさつ》をさせていただきにまいりました。」

「はあ……しかしそのお話《はなし》は、息子《むすこ》におことわりするようにと……。」

「夏樹《なつき》さんは乗《の》り気《き》なんですよ、ところが。こちらのたてものは、だいぶまえに息子《むすこ》さんの名義《めいぎ》になっているようで……。」

「はあ……しかし温泉《おんせん》の名義《めいぎ》はまだワシがもっておりますし、息子《むすこ》は東京《とうきょう》で……。」

「明日《あす》の夕方《ゆうがた》の船《ふね》でこちらにいらっしゃることになってます。」

「そのようですが……こまりましたね……じつはさきほど、さきに到着《とうちゃく》されたお客《きゃく》さんも、そのようなお話《はなし》をされていまして……。」

と、おじいちゃんは受付《うけつけ》のカウンターの上《うえ》におかれた名刺《めいし》二枚《まい》と、手《て》みやげらしき東京《とうきょう》のおかしが入《はい》った箱《はこ》を手《て》にしてみせた。

「えっ。」

ミズチという男《おとこ》の人《ひと》は顔色《かおいろ》をかえて、うしろにいる若《わか》い部下《ぶか》らしき人《ひと》と顔《かお》を見《み》あわせた。

「島《しま》の案内《あんない》をことわってさっさといっちまった、あの二人組《ふたりぐみ》ですよ、蛟《みずち》さん。」

と、若《わか》いほうがあわてたようすでいった。

ミズチさんはうでをくんで、

「う〜む……それは聞《き》きずてなりませんな。いったいどんなお話《はなし》で？」

「はあ……ワシの要望《ようぼう》もだいぶとりいれてくれるとかで……。」

「いやいや、それはこまる。話《はなし》がちがいますよ、こまったな……。」

ミズチさんはカウンターの上《うえ》の名刺《めいし》をちらちら見《み》ている。

わたしもつられて見《み》ると、二枚《まい》かさなっているうちのひとつに書《か》かれた、中田喜一《なかたきいち》という名前《なまえ》が目《め》に入《はい》った。

会社名《かいしゃめい》のほうは、ちょっと小《ちい》さくてわからなかったけど、船《ふね》にいっしょにのっていた、あのスーツに帽子《ぼうし》の二人組《ふたりぐみ》らしい。

おじいちゃんは、ミズチさんの目《め》からとおざけるように名刺《めいし》を手《て》にとって、自分《じぶん》のエプロンのポケットにしまい、

「ささ、ともかくお部屋《へや》にご案内《あんない》しますので、どうぞ……。」

と、廊下《ろうか》の奥《おく》に目《め》をやった。

入《い》り口《ぐち》から二つめの部屋《へや》のひき戸《ど》のまえに、客《きゃく》のものらしい二足《そく》のスリッパがならんでおかれている。

ミズチさんはそのスリッパをこわい顔《かお》で見《み》て、

「ちゃっかりさきにきて、手《て》みやげをわたしたり、やってくれるじゃないか。なあ、久利《くり》元《もと》。」

「ムカつきますね。でもこっちには、息子《むすこ》の夏樹《なつき》さんがついてますから。」

クリモトとよばれた若《わか》い人《ひと》は、そういってにくにくしげに顔《かお》をしかめた。

「ええと、それではどちらからご案内《あんない》を……。」

おじいちゃんが、わたしたちとミズチとクリモトという二人《ふたり》を見《み》くらべていると、笑美《えみ》

がいった。

「あたしたちはだいじょうぶよ、富安《とみやす》のおじいちゃん。部屋《へや》だけおしえてくれたら、あたしがみんなをつれていくから。」

「おお、そうかい。じゃ、お願《ねが》いしようかな。いちばん奥《おく》の藤《ふじ》の間《ま》と桜《さくら》の間《ま》、それと梅《うめ》の間《ま》じゃから。」

「はい、おじいちゃん。」

「このおかしをもっていくといい。」

と、おじいちゃんは東京《とうきょう》からきたべつのお客《きゃく》さんがもってきたという、手《て》みやげのおかしをわたした。

「ちょっと開《あ》けてみたら、フワフワしたケーキのようなものでね。ワシはあまいものはあまり食《た》べんし、生《なま》もののようじゃから、もたんじゃろう。部屋《へや》でめしあがれ。」

「よろしいんですか。ありがとうございます。」

北条先生《ほうじょうせんせい》はうれしそうだ。

きっとあまいものが好《す》きなんだろう。

もちろんわたしもだけど。

「ありがとう、おじいちゃん。先生《せんせい》、藤《ふじ》の間《ま》はこっちです。みんなも……。」

ふだんホンワカしている笑美《えみ》が、このときはいつになくテキパキと、冒険《ぼうけん》クラブのみんなをひっぱるようにして、廊下《ろうか》の奥《おく》にむかっていったのだった。

4

「おーい、笑美《えみ》。いるかーっ。」

笑美《えみ》と二人《ふたり》で部屋《へや》でくつろいでいると、廊下《ろうか》からよび声《ごえ》がした。

「あっ、待《ま》って。いま開《あ》けるから！」

笑美《えみ》がよろこびいさんで戸《と》を開《あ》けにいくと、さっきの二人《ふたり》の男《おとこ》の子《こ》が遊《あそ》びにきていた。

「よっ、笑美《えみ》。元気《げんき》そうだなっ。」

「真吾《しんご》！」

笑美《えみ》はふとっちょの男《おとこ》の子《こ》をさして、

「そっちこそあいかわらず、すっごい元気《げんき》そう。ちっともやせないね。」

「大《おお》きなお世話《せわ》だよ。ワハハ。あ、オレ秀島真吾《ひでしましんご》。よろしくっ。」

ふとっちょの男《おとこ》の子《こ》は、わたしにむかって大《おお》きな口《くち》を開《あ》けてわらった。

わたしは少《すこ》しかしこまった顔《かお》をつくって、

「さっきはありがとう、荷物《にもつ》はこんでくれて。あたし、笑美《えみ》の同級生《どうきゅうせい》で七瀬美雪《ななせみゆき》です。よろしくね。」

と、自己紹介《じこしょうかい》。

「美人《びじん》でしょ、美雪《みゆき》。」

笑美《えみ》がニヤリとわらった。

「いやほんと、都会《とかい》の子《こ》って感《かん》じだなーっ。」

「なに廊下《ろうか》でもりあがっちゃってんだよっ。」

いきなりガラッと戸《と》を開《あ》けて、はじめちゃんが男子部屋《だんしべや》から出《で》てきた。

うしろには、草太《そうた》くんとチュウもいる。

「先生《せんせい》がよんでるぞ。お宝《たから》の地図《ちず》と古文書《こもんじょ》ってヤツをつかって、夕《ゆう》めしまでのあいだに、かるく宝《たから》さがしだぜ。」

と、はじめちゃん。ふだんはあくびして、ろくに部活動《ぶかつどう》らしいことをしようとしないのに、今回《こんかい》はやけにはりきっている。

やっぱり宝《たから》さがしが、かかってるから？

「宝《たから》さがし？」

「うん、そうなの。あたしたちは、冒険《ぼうけん》クラブのメンバーで、この島《しま》には宝《たから》さがしをしにきたんだぁ。」

笑美《えみ》がいうと、白河《しらかわ》くんはちょっと顔《かお》をくもらせて、

「宝《たから》さがしもいいけど、島《しま》のヌシが怒《おこ》らないようにしたほうがいいぞ。」

「島《しま》のヌシ？」

わたしは、聞《き》きかえした。

「あ、気《き》にしないでいいよ、美雪《みゆき》ちゃん。」

と、笑美《えみ》。

「大《おお》むかしからこの島《しま》にある伝説《でんせつ》の話《はなし》よ。この島《しま》に住《す》んでたとき、あたしがこわがってた

ら、お父《とう》さんがただの伝説《でんせつ》だからって……。」

「ただの伝説《でんせつ》というわけでもないがね。」

いきなりそういって、男《おとこ》の人《ひと》が近《ちか》づいてきた。

年齢《ねんれい》は五十歳《さい》くらいだろうか。くり色《いろ》がかった髪《かみ》を長《なが》くのばしたその人《ひと》は、『作務衣《さむえ》』というのだろうか、青《あお》っぽくてうすい生地《きじ》の柔道着《じゅうどうぎ》のような和風《わふう》の服《ふく》をきている。

黒《くろ》ぶちのメガネをかけていて、その奥《おく》の目《め》も少《すこ》しだけ茶色《ちゃいろ》がかって見《み》えた。

「ああ、すまんすまん。わたしはこの島《しま》に一週間《しゅうかん》ほどまえから滞在《たいざい》しているものでね。早《はや》麦大学《むぎだいがく》で民俗学《みんぞくがく》というものをおしえている、高瀬直己《たかせなおき》です。」

子《こ》どもの話《はなし》にいきなりわりこんでくるなんて、へんな人《ひと》だ。

大学《だいがく》の先生《せんせい》だっていってるけど、ほんとうだろうか。

「あっ、高瀬先生《たかせせんせい》！」

笑美《えみ》が男《おとこ》の人《ひと》を見《み》て声《こえ》をあげた。

「やあ、ひさしぶり。思《おも》わぬところで会《あ》ったね。」

高瀬《たかせ》という大学《だいがく》の先生《せんせい》は、どうやら笑美《えみ》の知《し》りあいだったらしい。

だからいきなり声《こえ》をかけてきたのだろう。

「お父《とう》さんは元気《げんき》かい？」

「はい、先生《せんせい》。この島《しま》の学校《がっこう》がなくなって東京《とうきょう》に転勤《てんきん》になったときは、しばらくふさぎこんでたけど、いまは元気《げんき》に地元《じもと》の公立中学校《こうりつちゅうがっこう》で理科《りか》をおしえてます。」

「それはよかった。」

「みんな、紹介《しょうかい》するね。あたしがこの島《しま》に住《す》んでたころに、よくお父《とう》さんに会《あ》いにきてくれてた、高瀬先生《たかせせんせい》。大学《だいがく》の教授《きょうじゅ》なのよ。」

「よろしく、みなさん。そちらのかたは……。」

高瀬教授《たかせきょうじゅ》は、北条先生《ほうじょうせんせい》を見《み》て聞《き》いた。

「あ、わたしはこの子《こ》たちの担任《たんにん》で、クラブ活動《かつどう》の顧問《こもん》をしている、北条《ほうじょう》ともうします。」

北条先生《ほうじょうせんせい》はなんだかニコニコだ。

もしかして、ちょっとかっこいい大学教授《だいがくきょうじゅ》が気《き》にいったのかも。

笑美《えみ》もべつの意味《いみ》ではしゃいで、

「先生《せんせい》もよかったらあたしたちの部活動《ぶかつどう》、手伝《てつだ》ってください。あたしたち、この島《しま》に宝物《たからもの》をさがしにきたんです。」

「ほう。それは楽《たの》しそうな活動《かつどう》だ。わたしでよかったらいくらでもお手伝《てつだ》いさせてもらうよ。この島《しま》のことなら、キミのお父《とう》さんのつぎくらいに知《し》ってるつもりだからね。」

「ぜひ！　ねえみんな、いいでしょ？」

「もちろんよ。」

と、わたし。

「すごいなぁ、大学教授《だいがくきょうじゅ》の人《ひと》がくわわるなんて。おもしろい話《はなし》がいろいろ聞《き》けそうじゃん。」

草太《そうた》くんはさすが優等生《ゆうとうせい》。

「んー、オレはどっちでもいいよ。」

チュウは、あいかわらずのマイペースで、自分《じぶん》の部屋《へや》からもちだしてきたセンベイをぱくついている。

「お宝《たから》が見《み》つかるなら、だれの話《はなし》でも聞《き》くけど、わけまえはあげないっスよ。」

はじめちゃんが欲《よく》のかわのつっぱったようなことをいうと、高瀬教授《たかせきょうじゅ》はわらって、

「ハハハ。それはもちろんけっこうだよ。万《まん》が一《いち》ほんとうに見《み》つかったとしても、わたしは研究《けんきゅう》だけさせてもらえれば、わけまえはいらないから心配《しんぱい》しなくていい。」

「おっしゃー！　じゃ、いいっスよ、手伝《てつだ》ってくれて。」

やだもう。はじめちゃんてば、いじきたないんだから……。

「ありがとう、お言葉《ことば》にあまえさせていただくよ。」

そんな失礼《しつれい》なはじめちゃんに、高瀬教授《たかせきょうじゅ》は大人《おとな》の対応《たいおう》。

「しかし、キミは本気《ほんき》で財宝《ざいほう》を見《み》つけるつもりなのかい？」

「もちろんっスよ。これしきの謎《なぞ》がとけなかったら、ジッチャンの名《な》がすたるってもんだ。」

「ジッチャン？」

「もう、はじめちゃん、そんなこと急《きゅう》にいったってわけがわからないでしょ。」

わたしは、たまらずフォロー。

「この人《ひと》のおじいさん、むかし名探偵《めいたんてい》っていわれた金田一耕助《きんだいちこうすけ》って人《ひと》なんです。」

「へえーっ、それはおどろいた。有名《ゆうめい》な人《ひと》じゃないか。それなら、ほんとうに期待《きたい》できるかもしれないな。」

「もちろんっスよ。お宝《たから》を見《み》つけて、山《やま》ほどゲームを買《か》いこむんですからっ。」

と、はじめちゃんは、よけいなことをいって、とくいげに胸《むね》をはった。

やれやれ。

けっきょくそれなのね……。

5

北条先生《ほうじょうせんせい》とわたしたち五人《にん》、それに秀島《ひでしま》くんと白河《しらかわ》くんに高瀬教授《たかせきょうじゅ》をくわえた九人《にん》が、食事《しょくじ》の場所《ばしょ》だという大広間《おおひろま》に集《あつ》まっていた。

夕食《ゆうしょく》にはまだ早《はや》いので、さっきおじいちゃんがくれたおかしを、みんなで食《た》べながらお茶《ちゃ》をのんでいる。

おかしの箱《はこ》には、昨日《きのう》の日付《ひづけ》と『生《なま》ものですのでお早《はや》めにおめしあがりください。』と書《か》かれた紙《かみ》が入《はい》っていて、つくりたてらしくフワフワだった。

はなれ小島《こじま》ではなかなか食《た》べられないようなものだけに、白河《しらかわ》くんたちはうれしそうにぱくついている。

「……なるほど、よくこれを手《て》に入《い》れられましたね。」

高瀬《たかせ》教授《きょうじゅ》は、地図《ちず》と古文書《こもんじょ》をながめながらいった。

「小学生《しょうがくせい》とはいえ、どうせやるなら本格的《ほんかくてき》にと思《おも》いまして、がんばりました。」

北条先生《ほうじょうせんせい》はとくいげにほほえんだ。

「わたしもこれと同《おな》じものをもっていますが、ほんとうに宝物《たからもの》のありかをしるしたものだと思《おも》っています。」

「教授《きょうじゅ》もそうお考《かんが》えなのですか。」

「ええ。この古文書《こもんじょ》の解読《かいどく》はおおぜいの学者《がくしゃ》がこころみていて、だいたいこういう意味《いみ》だということです。」

教授《きょうじゅ》は目《め》をとじて、スラスラとその内容《ないよう》を話《はな》しだす。どうやらおぼえてしまっているらしい。

長《なが》い長《なが》い旅《たび》をおえて、わたしたちはたどりついた。

だれも住《す》んでいないこの島《しま》は、わたしたちの天国《てんごく》だった。

ところが小《ちい》さい人《ひと》びとがおしよせてきて、わたしたちは山《やま》ににげてかくれた。

しかし小《ちい》さい人《ひと》びとは、どんどんふえてゆく。

これ以上《いじょう》かくれることはできない。

わたしたちは、ほかの島《しま》に旅《たび》だつことにきめた。

わたしたちの子《こ》ども、その子《こ》どものために、聖《せい》なるかがやきを残《のこ》していく。

いつか天国《てんごく》にもどってきたものがいたら、朱《あか》い右目《みぎめ》をおとずれるがよい。

たいせつなものは、そこに眠《ねむ》っている。


みんな、だまって教授《きょうじゅ》が語《かた》る古文書《こもんじょ》の内容《ないよう》に聞《き》きいっていた。

いったいどういう意味《いみ》なんだろう。

この古文書《こもんじょ》の文面《ぶんめん》に、財宝《ざいほう》のありかがしるされているとすれば、『朱《あか》い右目《みぎめ》』という部《ぶ》分《ぶん》じゃないかと思《おも》った。

ただ、その意味《いみ》はまったくわたしにはわからなかった。

ふと思《おも》う。

はじめちゃんはどうなの？

見《み》ると、めったに見《み》せないような真剣《しんけん》な顔《かお》をしている。

宝物《たからもの》を手《て》に入《い》れてそのお金《かね》でゲームを買《か》いこむといった、欲望《よくぼう》からくる真剣《しんけん》さとはちがう気《き》がした。

わたしは知《し》っている。

はじめちゃんは、こういう謎《なぞ》に挑戦《ちょうせん》するのが、ねっから好《す》きなのだってこと。

「聖《せい》なるかがやき、っていうのはお宝《たから》のことじゃないんスか？」

はじめちゃんが、教授《きょうじゅ》にむかって身《み》をのりだす。

「そのようにとれる言葉《ことば》だと思《おも》う。それに、この島《しま》にはもうひとつ、興味深《きょうみぶか》い伝説《でんせつ》が残《のこ》っていてね。」

「興味深《きょうみぶか》い伝説《でんせつ》？」

はじめちゃんはさらに身《み》をのりだした。

「うむ。島姥《しまんば》の伝説《でんせつ》だよ。」

高瀬教授《たかせきょうじゅ》は、暗《くら》い笑《え》みをうかべてぼそっとつぶやいた。

6

「島姥《しまんば》はこの島《しま》にだけ伝《つた》わる、おそろしい人《ひと》くい妖怪《ようかい》なんだ。」

自分《じぶん》の部屋《へや》からもってきた資料《しりょう》のたばから一枚《まい》の絵《え》をぬきだして見《み》せて、高瀬教授《たかせきょうじゅ》はいった。

「わたしが集《あつ》めた資料《しりょう》によれば、島姥《しまんば》は身《み》のたけは六尺《しゃく》をこえる、つまり百九十センチ近《ちか》くもあるような巨大《きょだい》な白髪《はくはつ》の老女《ろうじょ》で、はだの色《いろ》はおしろいをべったりとぬったようにまっ白《しろ》。あごは大《おお》きくはりだしていて、鼻《はな》も高《たか》くかぎの形《かたち》にまがっていたそうだ。」

教授《きょうじゅ》の見《み》せた絵《え》は、まさにそんな怪物《かいぶつ》のすがたをえがいたものだった。

とてつもなく大《おお》きなおばあさんのすがたをした妖怪《ようかい》は、刃《は》の大《おお》きさが人《ひと》のうでくらいある鎌《かま》を左手《ひだりて》でふりかざしている。

そして右手《みぎて》では、胸《むね》のあたりまでの背《せ》たけしかない人間《にんげん》の男《おとこ》の人《ひと》をつかまえて、頭《あたま》から食《た》べている。そんな絵《え》だった。

まるですくいのない地獄《じごく》をえがいたようで、じっと見《み》るとからだじゅうの毛穴《けあな》がひらくような感《かん》じがした。

こんな怪物《かいぶつ》が、この小《ちい》さな島《しま》を歩《ある》きまわっているところを想像《そうぞう》すると、にげばのないおりの中《なか》で猛獣《もうじゅう》にねらわれているような恐怖《きょうふ》をおぼえる。

ずっとむかしの伝説《でんせつ》にすぎないとわかっていても、目《め》のまえにその妖怪《ようかい》のすがたをリアルにえがいた絵《え》をしめされると、もしかしたら、という想像《そうぞう》がどうしてもはたらいてしまう。

「島姥《しまんば》は、このからす島《じま》をあらしにきた人間《にんげん》をつかまえて大《おお》きな鎌《かま》で殺《ころ》し、食《た》べてしまう妖怪《ようかい》だと伝《つた》わっている。」

「やだ、こわい……。」

思《おも》わずつぶやく。

すると教授《きょうじゅ》はわらって、

「すまんすまん、ちょっとおどかしすぎたかな。これは有名《ゆうめい》な山姥《やまんば》によくにた想像《そうぞう》の中《なか》だ

「ヤマンバ？　それって、金髪《きんぱつ》でガングロの女子高生《じょしこうせい》のことですよね。」

チュウが、場《ば》ちがいなことをいって、その場《ば》の緊張《きんちょう》がほぐれた。

「なにバカなことといってんだよ。」

と、草太《そうた》くんがかるくチュウの頭《あたま》をこづく。

「いてっ。だってそうだろ？　ちがうの？」

教授《きょうじゅ》はにが笑《わら》いで、

「まあそんな女子高生《じょしこうせい》のたとえのもとになったのはたしかだが、山姥《やまんば》というのは、ほんらいは日本《にっぽん》の各地《かくち》に大《おお》むかしから伝《つた》わる妖怪《ようかい》のことなんだ。うば捨《す》て山伝説《やまでんせつ》といっしょに語《かた》られる場合《ばあい》が多《おお》い。」

高瀬教授《たかせきょうじゅ》の声《こえ》はすいこまれるようなひくいひびきで、その場《ば》にいたみんなが、身《み》をのりだして聞《き》きいった。

「うば捨《す》てって、食《た》べるものがなくて飢《う》えた農家《のうか》の人《ひと》が、おばあさんを山《やま》に捨《す》てにいってたっていうむかし話《ばなし》ですよね。」

けの怪物《かいぶつ》だよ。」

と、草太《そうた》くん。教授《きょうじゅ》は大《おお》きくうなずいて、

「そう。証拠《しょうこ》はないし学校《がっこう》でおしえたりはしないかもしれないが、むかしの日本《にっぽん》でほんとうにあったのではないかといわれている。山姥《やまんば》という妖怪《ようかい》の話《はなし》は、そんな伝説《でんせつ》のある地方《ちほう》に残《のこ》っていることが多《おお》い。つまりは、口《くち》べらし……飢《う》えをしのぐために、はたらけずにただ食《た》べるだけになってしまったお年寄《としよ》りを、山《やま》に捨《す》てて死《し》においやってしまったという罪《つみ》の意識《いしき》が、そんな妖怪《ようかい》の幻《まぼろし》をうみだしてしまった、ということなのではないかな。」

みんな、言葉《ことば》を失《うしな》って、だまりこくっている。

その空気《くうき》がこわくなって、わたしは教授《きょうじゅ》に聞《き》きかえした。

「島姥《しまんば》も、同《おな》じようなものなんですか？」

「いいや、わたしの研究《けんきゅう》によれば、島姥《しまんば》は少《すこ》しちがうのではないかと考《かんが》えられる。なにしろ、この島《しま》にだけ残《のこ》っている伝説《でんせつ》だからね。うば捨《す》ての風習《ふうしゅう》とは関係《かんけい》ないんじゃないかな。」

「じゃあなんで……。」

「じつは山姥《やまんば》の伝説《でんせつ》も、たんなる罪《つみ》の意識《いしき》からくる幻《まぼろし》というだけではないとわたしは考《かんが》えている。山姥《やまんば》をかいた絵師《えし》……つまりむかしの画家《がか》のことだが、そういう人《ひと》たちのかいた作品《さくひん》にえがかれている山姥《やまんば》のすがたは、背《せ》がとても高《たか》く、そしてあごや鼻《はな》が突《つ》きでていて、白髪《はくはつ》で色白《いろじろ》という特徴《とくちょう》があるんだ。この特徴《とくちょう》、キミたちはどう思《おも》うかな？」

と、教授《きょうじゅ》はわたしたちを見《み》わたして、ニヤリとイタズラっぽくわらった。

7

「もしかして、白人《はくじん》ってことっスか？」

はじめちゃんが答《こた》えた。

「そのとおり。」

高瀬《たかせ》教授《きょうじゅ》は、ポンと小《ちい》さく手《て》をうっていった。

「まさに西洋人《せいようじん》の特徴《とくちょう》とかさなるんだ。髪《かみ》の毛《け》の色《いろ》にしても、もしかすると西洋人《せいようじん》の金髪《きんぱつ》を老人《ろうじん》の白髪《はくはつ》と感《かん》じて、そのせいで若《わか》い人《ひと》のことも、老人《ろうじん》だと思《おも》ったのかもしれない。」

「なるほどなぁ。でも日本《にっぽん》にいたんですか、そのころ。」

「もちろんいただろう。戦国時代《せんごくじだい》には、オランダやポルトガルの宣教師《せんきょうし》といわれる人《ひと》たちが、キリスト教《きょう》を日本《にっぽん》に伝《つた》えにきていたし、それ以前《いぜん》からも、航海《こうかい》に出《で》ていたヨーロッパの人《ひと》たちがながれつくことだってあったはずだ。当時《とうじ》の日本人《にほんじん》はとても背《せ》が小《ちい》さかったから、大《おお》きくて目《め》やはだ、髪《かみ》の色《いろ》のちがう西洋人《せいようじん》を、鬼《おに》や山姥《やまんば》といった妖怪《ようかい》だと思《おも》う人《ひと》がいてもふしぎはなかった。」

「あっ、もしかしたら島姥《しまんば》も……。」

わたしが声《こえ》をあげると、高瀬《たかせ》教授《きょうじゅ》は大《おお》きくうなずいて、

「わかったかい？　そのとおり。この島《しま》にながれついたヨーロッパの人《ひと》たちだったかもしれないじゃないか。」

八丈島《はちじょうじま》の近《ちか》くにあるからす島《じま》は、太平洋《たいへいよう》のまん中《なか》のはなれ小島《こじま》だ。嵐《あらし》におそわれたヨーロッパの船《ふね》がながれつくことだって、あったかもしれない。

想像《そうぞう》してみる。

命《いのち》からがら島《しま》にたどりついたヨーロッパの人《ひと》たちにとって、この美《うつく》しい島《しま》は天国《てんごく》のようだっただろう。

でも近《ちか》くには八丈島《はちじょうじま》があって、日本人《にほんじん》が住《す》んでいた。

八丈島《はちじょうじま》の人《ひと》たちがからす島《じま》を見《み》つけて、やってくるようになると、ヨーロッパの人《ひと》たちはどうしただろう。

さいしょは天国《てんごく》をまもるために、彼《かれ》らもたたかったかもしれない。

それこそ『鬼《おに》』のように。

でも日本人《にほんじん》はあきらめずに、どんどんやってくる。

ヨーロッパの人《ひと》たちは、やがてあきらめてほかの新天地《しんてんち》をもとめて船出《ふなで》していった。

しかし、島《しま》にながれついたとき船《ふね》につんであった宝物《たからもの》までは新《あたら》しい小舟《こぶね》にはのせられず、しかたなくおいていったのではないだろうか。

それが、桃太郎《ももたろう》にまけた鬼《おに》たちがかくしたという、この島《しま》の『財宝伝説《ざいほうでんせつ》』になり、そして島《しま》から出《で》ずに残《のこ》った一部《いちぶ》の西洋人《せいようじん》たちが、島姥伝説《しまんばでんせつ》になったのかもしれない。

なんておもしろい話《はなし》だろう。

そしてもし、この話《はなし》が事実《じじつ》だったら、からす島《じま》のどこかに、ほんとうに宝物《たからもの》がかくされているかもしれないではないか。

冒険《ぼうけん》クラブのほかのみんなも、きっと同《おな》じようなことを考《かんが》えているのだろう。

目《め》をかがやかせて、とりあうようにして、食卓《しょくたく》の上《うえ》の地図《ちず》や古文書《こもんじょ》に見《み》いっている。

ただ、島《しま》の小学生《しょうがくせい》である秀島《ひでしま》くんと白河《しらかわ》くんだけは、なっとくいかないような顔《かお》をして、おたがいに顔《かお》を見《み》あわせていた。

「そんなものじゃないよ、島姥《しまんば》は。」

秀島《ひでしま》くんがいった。

「ぼくもそう思《おも》う。そんなことといってると、島姥《しまんば》が怒《おこ》っておそろしいことがおこるかもしれないぞ。」

白河《しらかわ》くんは、そういって立《た》ちあがる。

「小《ちい》さいころから、この島《しま》でくらしてきたキミたちからすれば、ずっと親《おや》にいいきかされてた話《はなし》だろうし、すぐにはなっとくいかないかもしれない。しかし白河《しらかわ》くん。妖怪《ようかい》とか幽《ゆう》霊《れい》とか、こわい伝説《でんせつ》やむかし話《ばなし》というのは、だいたいがそういうものなんだ。」

教授《きょうじゅ》がさらにいうと、白河《しらかわ》くんは、

「島姥《しまんば》はいるよ。ぼくは知《し》ってる。見《み》たんだ。あのおそろしいバケモノを……。」

といいのこして、秀島《ひでしま》くんと二人《ふたり》で出《で》ていってしまった。

その3 島姥《しまんば》あらわる

1

夏休《なつやす》みがはじまったばかりの七月《がつ》のおわりは、日《ひ》が長《なが》いきせつで、五時《じ》をすぎても外《そと》はまだ明《あか》るい。

わたしたちは高瀬教授《たかせきょうじゅ》のさそいで、白河《しらかわ》くんに案内《あんない》してもらったほうとは逆側《ぎゃくがわ》の、島《しま》をチョウにたとえるなら、ハネの右側《みぎがわ》にあたるあたりを見《み》にいくことにした。

旅館《りょかん》のまえでまっていると、教授《きょうじゅ》がリゾート開発会社《かいはつがいしゃ》の人《ひと》たち二人《ふたり》をつれてあらわれた。

「せっかくだから、いっしょにまわりませんか、とさそってみたんです。」

「どうも。」

ミズチさんは、ほそい目《め》をさらにほそめて、あいそ笑《わら》いをうかべている。

「ほかにも今日島《きょうしま》についた人《ひと》がいましたよね。そっちはさそわなかったんスか？」

はじめちゃんが聞《き》くと、教授《きょうじゅ》は旅館《りょかん》のほうをふりかえって、

「さそったんですが、自分《じぶん》たちは逆側《ぎゃくがわ》、島《しま》の北《きた》のほうから見《み》たいといわれまして。」

そういえば、あのスーツの二人《ふたり》だけは、まだチョウのハネの左側《ひだりがわ》にあたるほうをまわっていなかった。

「まあ、ほっておいていきましょう。」

「よくありませんな、そういうたいど。」

ミズチさんは、まだつけているマスクごしにいった。

「中田《なかた》とかいう業者《ぎょうしゃ》でしたな。この島《しま》の観光開発《かんこうかいはつ》を、そんな連中《れんちゅう》にまかせるわけにはいかん。この島《しま》の発展《はってん》のために、われわれががんばらないとな、久利元《くりもと》くん。」

「そうですね、蛟《みずち》さん。」

わたしには、あいてがだれであろうと富安《とみやす》のおじいちゃんは、この『アゲハ荘《そう》』をてばなしたがっていないように見《み》えた。

笑美《えみ》の話《はなし》では、この旅館《りょかん》のあるところは島《しま》でいちばん景色《けしき》のきれいな場所《ばしょ》だそうだ。

ガケが多《おお》くて砂浜《すなはま》がほとんどないからす島《じま》で、このあたりだけがまっ白《しろ》い砂《すな》のビーチがあって、しかも入《い》り江《え》になっているおかげで、波《なみ》もしずかなのだという。

しかも、島《しま》でゆいいつ温泉《おんせん》までわいているのだから、リゾート開発業者《かいはつぎょうしゃ》がねらうのもわかる。

きっとりっぱなホテルをつくって、たくさんの観光客《かんこうきゃく》をよぼうと思《おも》っているんだろう。そうしたら、この島《しま》もむかしみたいに、いやそれよりもっとにぎわうだろうし、便利《べんり》になるのかもしれない。

でも……。

手《て》つかずのきれいな自然《しぜん》を、観光《かんこう》のためにこわしてしまったら、とりかえしがつかないような気《き》がして、わたしはなんとなく賛成《さんせい》できない。

富安《とみやす》のおじいちゃんの息子《むすこ》さんは、それをのぞんでいるようだけれど、島《しま》のほかの人《ひと》たちはどう思《おも》っているのだろう。

少《すく》なくともおじいちゃんは、あのアゲハ荘《そう》をてばなしてホテルをつくったりすることを、よろこんではいないようだった。

2

からす島《じま》は、周囲《しゅうい》が六キロメートルほどしかない、小《ちい》さな島《しま》だ。

まさにアゲハチョウがハネをひろげたような形《かたち》をしていて、まん中《なか》のチョウの胴体《どうたい》にあたる部分《ぶぶん》がくびれている。

ここはひくい谷間《たにま》になっていて、反対側《はんたいがわ》のチョウの頭《あたま》のほうの海《うみ》まで二百メートルしかない。

この谷間《たにま》をはさんで、『島南《とうなん》』と『島北《とうほく》』にわかれているが、いま人《ひと》が住《す》んでいるのはチョウのハネの右側部分《みぎがわぶぶん》にあたる『島南《とうなん》』だけ。

ハネの左側《ひだりがわ》にあたる『島北《とうほく》』には、もとは笑美《えみ》のお父《とう》さんが先生《せんせい》をしていた学校《がっこう》があったそうだけれど、いまは船《ふな》つき場《ば》があるだけで、人《ひと》は住《す》んでいない。

アゲハ荘《そう》は『島南《とうなん》』の南海岸《みなみかいがん》に面《めん》している。

海岸線《かいがんせん》には、十四のほら穴《あな》がならんでいて、南《みなみ》のほうから順番《じゅんばん》に番号《ばんごう》がつけられている。

ちなみに、旅館《りょかん》の南側《みなみがわ》の庭《にわ》から見《み》えるビーチのほら穴《あな》は、『四の穴《あな》』と名《な》づけられているそうだ。

教授《きょうじゅ》がさいしょにつれていってくれたのは、『島南《とうなん》』のいちばん北寄《きたよ》りにある『七の穴《あな》』だった。

小高《こだか》くもりあがったガケの上《うえ》にあるそのほら穴《あな》は、十四の穴《あな》の中《なか》でいちばん浅《あさ》いらしく、中《なか》は砂《すな》がもりあがっているだけで、すぐにゆきどまりだった。

でもこのほら穴《あな》の入《い》り口《ぐち》からは、入《い》り江《え》ぜんたいが、きれいに見《み》わたせた。

「いい景色《けしき》でしょう。暗《くら》くなるまえにここにつれてきたかったんですよ。ほら、谷間《たにま》のむこうにもほら穴《あな》がならんでいるのが、よく見《み》えるでしょう。あれがチョウの左下《ひだりした》のハネにあたる部分《ぶぶん》です。きっと船《ふね》をおりてすぐに、白河《しらかわ》くんが案内《あんない》してくれたんじゃないでしょうか。」

教授《きょうじゅ》はそういって、『島北《とうほく》』側《がわ》のほら穴《あな》をゆびさす。

「ん？　なんだあれは……。」

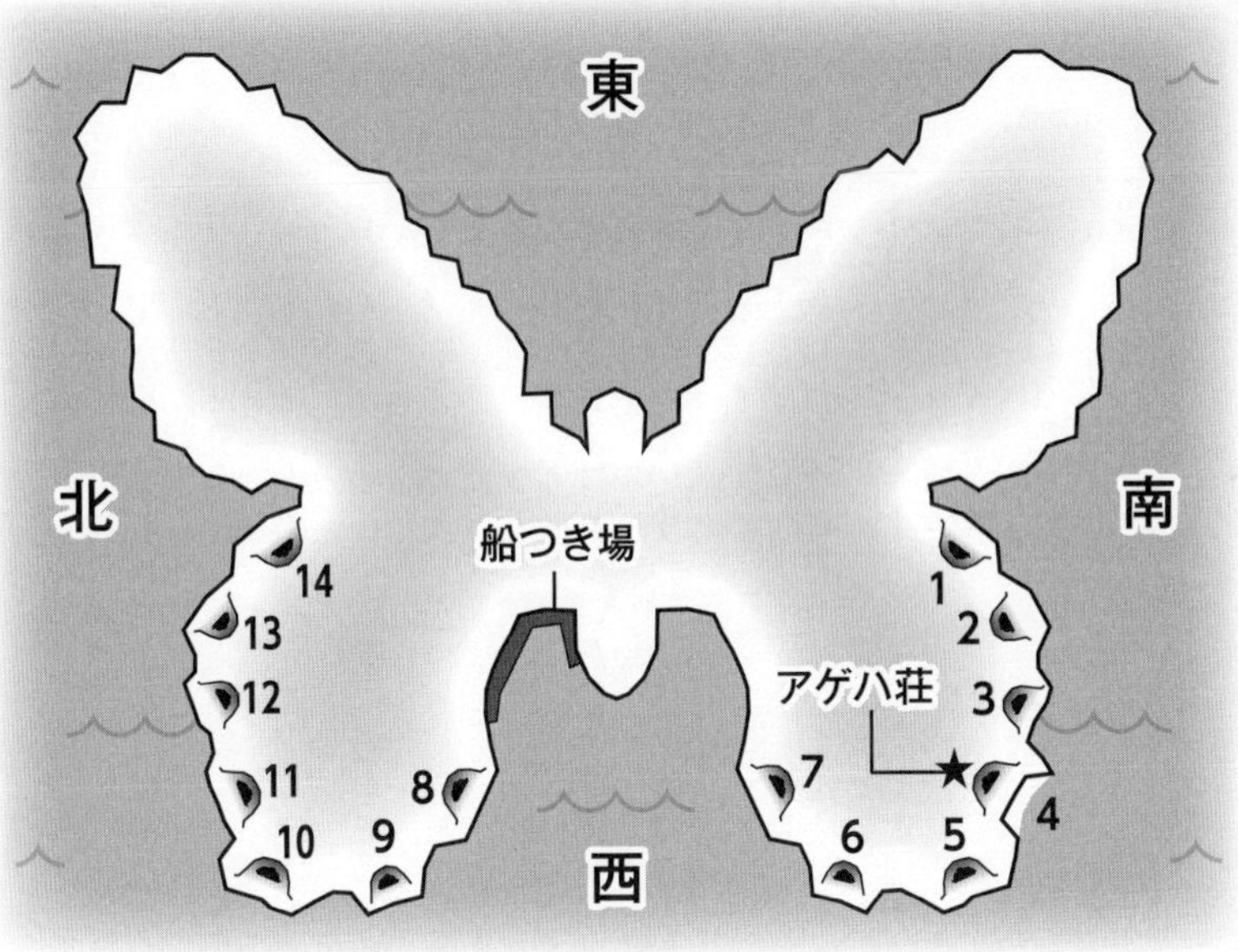

さいしょに声《こえ》をあげたのは、はじめちゃんだった。

見《み》ると、西日《にしび》があたっている『八の穴《あな》』から、黒《くろ》っぽい棒《ぼう》のようなものが、二本《ほん》突《つ》きだしている。

さらに目《め》をこらした。

それは、人間《にんげん》の足《あし》だった。

灰色《はいいろ》のズボンをはいた人間《にんげん》の足《あし》が、小《ちい》さなほら穴《あな》から突《つ》きだしているのだ。

「だれか、ほら穴《あな》の入《い》り口《ぐち》にねそべってるみたいだぞ。」

と、草太《そうた》くん。

「でもおかしいな……水着《みずぎ》でもなく、ふつうのズボンはいたまま、あんなふうにうつぶせになってたら、よごれちゃうんじゃないか。」

リゾート開発会社《かいはつがいしゃ》の二人《ふたり》も身《み》をのりだして見《み》ている。

ミズチさんはまぶしそうに、てのひらをかざすようにして、

「ありゃあ、いっしょに船《ふね》にのってきた開発業者《かいはつぎょうしゃ》のひとりじゃないか？」

「ああ、そうですよ、きっと。ふとったほうでしょう。あんなグレーのスーツきてたと思《おも》います。」

クリモトとよばれていた若《わか》い社員《しゃいん》がいった。

「ようすがへんですね。よびかけてみましょう。ここからなら三、四十メートルだから、聞《き》こえるはずだ。」

高瀬教授《たかせきょうじゅ》はガケのほうに近《ちか》づくと、おもいきり大声《おおごえ》をはりあげた。

「おーい、そこでねてる人《ひと》、だいじょうぶですか――っ！」

返事《へんじ》もないし、動《うご》きもしない。

こんどは子《こ》どもたちみんなで、せーの、でよびかける。

「お――い、聞《き》こえたら起《お》きろ―――っ！」

なにもおきない。

チュウが、ぼそっといった。

「死《し》んでるんじゃないの、あれ。」

ぎょっとなって、全員《ぜんいん》がチュウを見《み》る。

「おいおい、ぶっそうなことを……。」

ミズチさんはにが笑《わら》いした。

「いや、あきらかにおかしいぜ、あれは。」

はじめちゃんは、いつになくまじめな顔《かお》でいった。

「あんなかっこうでほら穴《あな》の中《なか》に上半身《じょうはんしん》突《つ》っこんだままたおれてて、これだけよんでも答《こた》えないし、動《うご》きもしない。ふつうじゃないぞ、あれは。もしかしたらチュウのいうとおりかもしれない。」

「ま、まさか……。」

ミズチさんの顔《かお》から笑《え》みが消《き》えた。

そのときだった。

ほら穴《あな》から突《つ》きだしていた二本《ほん》の足《あし》が、動《うご》いた気《き》がした。

「おい、動《うご》いたぞ。やっぱり死《し》んでなんていませんよ、あれ……。」

クリモトさんがいうと、はじめちゃんはそれを制《せい》して、

「自分《じぶん》で動《うご》いたんじゃない。動《うご》かされたんだ。ほら穴《あな》の中《なか》から、だれかにひっぱられて。」

よく見《み》ると、たしかにそうだ。

ずるっ、ずるっ……。

二本《ほん》の足《あし》は自分《じぶん》からはぴくりともしないまま、ほら穴《あな》の奥《おく》にいる『なにものか』によって、ひっぱりこまれている！

ずるっ、ずるっ……ずるっ……。

わたしたちがぼうぜんとながめているあいだに、突《つ》きだしていた足《あし》はかんぜんにほら穴《あな》の中《なか》に消《き》えてしまった。

3

「な、なんだあれは……。」

クリモトさんが声《こえ》をふるわせた。

「ほら穴《あな》の中《なか》になにかいるのか?」

と、ミズチさん。

「そんなことより、引《ひ》きずりこまれた人《ひと》だろ! もし……あれが死《し》んでて……もし万《まん》が一《いち》殺《ころ》されたんだとしたら、あのほら穴《あな》に犯人《はんにん》がいるんじゃないのか?」

はじめちゃんがいった。

「こ、殺《ころ》されただと? あの業者《ぎょうしゃ》が? な、なんでそんな……。」

ミズチさんはまっ青《さお》になっている。

「いってみよう。」

はじめちゃんは、そういってガケをはなれる。

「金田一《きんだいち》、本気《ほんき》かおまえ!」

チュウがさけぶ。

「ほんとに人《ひと》が殺《ころ》されてたらどうするんだよっ。犯人《はんにん》が中《なか》にいたら、オレたちまで……。」

「だけどこのままにげたら、犯人《はんにん》もにげちまうじゃないか。それにあのたおれてた人《ひと》だって、まだ死《し》んでるかどうかわからない。ケガしてるだけかもしれないんだぜ。」

「そ、そりゃそうだけど……。」

「金田一《きんだいち》のいうとおりだ。ほっとけない。」

正義感《せいぎかん》の強《つよ》い草太《そうた》くんも、そういいだす。

「だめよ、そんなこと！」

北条先生《ほうじょうせんせい》が二人《ふたり》を止《と》める。

「生徒《せいと》にそんな危険《きけん》なことさせるわけにいかないわ！　ぜったいだめ！」

「北条先生《ほうじょうせんせい》のおっしゃるとおりだ。キミたちはアゲハ荘《そう》に帰《かえ》っていなさい。わたしたち大人《おとな》四人《にん》だけでいくから。」

と、高瀬教授《たかせきょうじゅ》。リゾート開発会社《かいはつがいしゃ》の二人《ふたり》はたじろいで、

「ちょ、ちょっと待《ま》ってくれ。われわれもいっしょにいけっていうのか？　なにも関係《かんけい》ないのに……。」

「そうですよ、ミズチさん。オレたちまでまきこまれることは……。」

「そんな無責任《むせきにん》なことをいってる場合《ばあい》じゃないでしょう。目《め》のまえで交通事故《こうつうじこ》がおきて人《ひと》がたおれてたとしても、あなたがたは他人言《ひとごと》だからといってほっていくんですか？　そんなひきょうな人間《にんげん》なんですか。」

高瀬教授《たかせきょうじゅ》に強《つよ》くせまられて、二人《ふたり》はひたいの汗《あせ》をぬぐいながら、

「わ、わかりましたよ。いけばいいんでしょう？　ほら、おまえもだぞ、久利元《くりもと》。」

「は、はあ……。」

と、しぶしぶしたがう。

「よし、いきましょう。」

教授《きょうじゅ》が先頭《せんとう》に立《た》って歩《ある》きだす。

「ついてきてください。ここからなら、五、六分《ぷん》も歩《ある》けばいける。」

「金田一《きんだいち》くんたちは、宿《やど》にもどっていなさい。いいわね？」

と、北条先生《ほうじょうせんせい》。しかし、はじめちゃんは、くびをたてにふらない。

「いやです。オレもいきます。」

「ええっ。なにいってるの？　小学生《しょうがくせい》がそんな……。」

「ぜったいにいきますよ、オレは。こんなことでにげだしたりしたら、名探偵《めいたんてい》といわれたジッチャンにわらわれちまう。」

先生《せんせい》はあきれ顔《がお》だ。

「だったらオレもいきます。」

草太《そうた》くんもいいだした。

「あ、あたしも！」

と、わたし。こわいけれど、好奇心《こうきしん》がさきに立《た》つ。

「だめだったら！」

先生《せんせい》は怒《おこ》りだす。

でも、はじめちゃんはまったく引《ひ》くようすがなく、さきに歩《ある》きだしている高瀬教授《たかせきょうじゅ》のあとをすたすたと追《お》っていく。

「ああっ、もうなにをかってにっ。先生《せんせい》のいうこと、聞《き》けないの？」

「先生《せんせい》こそ、女《おんな》なんだから帰《かえ》ったほうがいいですよ。」

「ほんっとにこまった子《こ》ねっ。」

「北条先生《ほうじょうせんせい》、ぐずぐずしてるひまはありません。とりあえずいっしょにいきましょう。」

と、教授《きょうじゅ》はいった。

「そのかわり、なにかあったらともかく走《はし》ってにげるんだぞ。それと、ほら穴《あな》には近《ちか》づかないように。」

「は〜い。」

と、はじめちゃんは右手《みぎて》をあげた。

わたしの知《し》ってるはじめちゃんは、こういう返事《へんじ》をしたときには、いうことを聞《き》くつもりなどない。

どうなっちゃうんだろう。

わたしはこわいと同時《どうじ》に、ワクワクもしていた。

「あ、あたしはアゲハ荘《そう》にもどってるから。」

「オレも帰《かえ》ってるよ。こわいわけじゃないけど、おしっこがしたくてさ。ハハ……。」

笑美《えみ》とチュウはそういって、帰《かえ》り道《みち》のほうにむかった。

4

高瀬《たかせ》教授《きょうじゅ》のいうとおりあやしい『八の穴《あな》』には、五分《ふん》ほどでついた。

ほら穴《あな》の入《い》り口《ぐち》には、やっぱりなにかを引《ひ》きずったようなあとが残《のこ》っている。

「よーし、いってみよう！」

はじめちゃんは、案《あん》の定教授《じょうきょうじゅ》にいわれたことにしたがうつもりなどなかったようで、まっさきに走《はし》りだしてほら穴《あな》の中《なか》に入《はい》っていく。

「あっ、こらっ。」

「だめだっていったじゃないのっ！」

と、教授《きょうじゅ》と北条先生《ほうじょうせんせい》が追《お》いかけて中《なか》にむかう。

「待《ま》てよ、金田一《きんだいち》っ。」

すぐに草太《そうた》くんも追《お》いかける。

おいていかれるのがぎゃくにこわくなって、わたしも三人《にん》のあとを追《お》った。

そうなると、ぽつんと残《のこ》る二人《ふたり》の大人《おとな》も、ばつがわるくなったのか、顔《かお》を見《み》あわせながら、ほら穴《あな》の中《なか》に入《はい》ってきた。

ほら穴《あな》の中《なか》は、入《い》り口《ぐち》の小《ちい》ささにくらべて意外《いがい》なくらいひろびろとしていた。

五時半《じはん》をすぎても、まだ残《のこ》っている太陽《たいよう》の光《ひかり》がさしこんでいるおかげで、思《おも》ったよりは明《あか》るい。

湿《しめ》りけをおびた穴《あな》の奥《おく》は、白河《しらかわ》くんがいっていたようにコウモリの巣《す》だった。

侵入者《しんにゅうしゃ》に気《き》づいた無数《むすう》のコウモリたちが、うすやみの中《なか》を飛《と》びまわっている。

それだけでわたしは、おそろしくて足《あし》がまえにすすまない。

いきおいよくかけこんだはじめちゃんも、さすがにこわいらしく、壁《かべ》に手《て》をつきながら、そろり、そろりとまえにすすんでいた。

入《い》り口《ぐち》からさしこんでいる光《ひかり》が正面《しょうめん》の壁《かべ》にあたって、そこで止《と》まっている。

どうやらそのさきは、右手《みぎて》にむかってまがっているらしい。

まがりかどのさきが見《み》えないせいで、こわさはましてからだがふるえだす。

もどりたいけれど、ふりかえるのもこわい。

「なにもないようだ。もうこのへんで引《ひ》きかえそう。」

高瀬《たかせ》教授《きょうじゅ》がそういったときだった。

ジャリッ。

砂《すな》をふむような音《おと》がした。

まがりかどのさきからだ。

ジャリッ、ジャリッ。

音《おと》はしだいに近《ちか》づいてくる。

なにかの気配《けはい》がした。

そして、息《いき》づかい。

足《あし》の裏《うら》にノリでもついたみたいに、動《うご》けなくなる。

ジャリッ、ジャリッ。

フーッ、フーッ、フーッ……。

こおりついているわたしたちの目《め》のまえで、『それ』はだんだんと近《ちか》づき、わずかに光《ひかり》がさしこむ奥《おく》の壁《かべ》に、かげがうかんだ。

かどをユラリとまがってきた『それ』は、まず顔《かお》……らしき部分《ぶぶん》から、ヌッとすがたをあらわしたのだった。

5

ほら穴《あな》の奥《おく》からあらわれた『それ』は、頭《あたま》からボロ布《ぬの》のふくろのようなものをかぶっていた。

覆面《ふくめん》なのか、そのふくろには二つの穴《あな》があけられている。

たぶん、目《め》のあたりなのだろう。

しかしそこはぽっかりとあいた穴《あな》でしかなく、奥《おく》に目《め》は見《み》えない。

覆面《ふくめん》はところどころやぶれていて、白《しろ》っぽい髪《かみ》の毛《け》がボサボサ飛《と》びだしていた。

ただ、フーッ、フーッという息《いき》づかいは、まちがいなくその二つの穴《あな》の下《した》の、口《くち》の部分《ぶぶん》からはきだされていて、息《いき》をはくたびに布《ぬの》がブルブルとふるえている。

頭《あたま》をゆっくりと左右《さゆう》にゆらしながら、かどをまがりおえて全身《ぜんしん》があらわになる。

ボロボロの着物《きもの》なのか、なにかもようがある布《ぬの》をまとっている。
腰《こし》のあたりに帯《おび》のようなものがまかれていたから、きっと着物《きもの》なのだろう。
心底《しんそこ》ふるえあがったのは、その大《おお》きさだった。
身《み》のたけ二メートルはゆうにあったのだ。
そしてさらにおそろしいことに、左手《ひだりて》には凶悪《きょうあく》そうな形《かたち》をした鎌《かま》がにぎられていた。
『それ』はわたしたちのまえに、鎌《かま》をゆっくりとゆらしながら仁王立《におうだ》ちになった。
日《ひ》の光《ひかり》がさして着物《きもの》のようすがあきらかになる。
心臓《しんぞう》が飛《と》びだしそうになった。
着物《きもの》のもように見《み》えていたのは、飛《と》びちった血《ち》のあとだったのだ。
まっ赤《か》な血《ち》しぶきが、巨大《きょだい》な怪物《かいぶつ》の着物《きもの》を、べっとりと染《そ》めあげていたのである。
「にげろ！」
だれかが声《こえ》をあげた。
それがスイッチとなって、こおりついていたからだが一瞬《いっしゅん》でほどけた。
いっせいに走《はし》りだした。

ほら穴《あな》の出口《でぐち》にむかって。

もうなにも考《かんが》えられない。

ただこわい。

恐怖《きょうふ》だけにつき動《うご》かされて、わたしたちはにげた。

光《ひかり》にむかって。

ほら穴《あな》を出《で》ても、その恐怖《きょうふ》はなにもかわらなかった。

考《かんが》えることを放棄《ほうき》して、ひたすら走《はし》りつづけた。

はなれたい、とおくににげたい。

ただそれだけのために足《あし》を動《うご》かして。

気《き》がつくと、事件《じけん》のおきたほら穴《あな》が見《み》えないガケの上《うえ》にたどりついていた。

だれもがふるえていた。

ふらふらになっていた。

映画《えいが》やテレビドラマではなく、現実《げんじつ》にまのあたりにしたほんものの恐怖《きょうふ》に、みんなうちのめされていたのだ。

でも、そんなときでさえ、はじめちゃんだけは、ふるえるからだをおさえこむようにして立《た》ちあがり、一歩《ぽ》、二歩《ほ》ともときた道《みち》をもどろうとしていた。

「はじめちゃん！」

だきついて止《と》めた。

「だめ！」

「……美雪《みゆき》……。」

「もう帰《かえ》ろう。」

「……でも。」

「帰《かえ》ろう。お願《ねが》い……。」

「……わかった。」

はじめちゃんは、わたしの手《て》をにぎっていった。

でも事件《じけん》のおきたほら穴《あな》につづく道《みち》をかえりみるその目《め》は、たったいまおきた悪夢《あくむ》の恐怖《きょうふ》をのりこえる好奇心《こうきしん》を、みなぎらせていた。

その4

消《き》えた白骨《はっこつ》

1

さきに帰《かえ》ったチュウと笑美《えみ》は、すぐに富安《とみやす》のおじいちゃんをさがした。

おじいちゃんは、夕食《ゆうしょく》の時間《じかん》になっても帰《かえ》ってこない客《きゃく》たちをさがしに、外《そと》に出《で》ていたらしく、よびかけてもしばらくのあいだ出《で》てこなかったらしい。

でもわたしたちが帰《かえ》るまえには、おじいちゃんも旅館《りょかん》にもどってきて、チュウたちから話《はなし》を聞《き》いていた。

わたしたちが、そのあとにおきた事件《じけん》を話《はな》すと、おじいちゃんは信《しん》じられないという顔《かお》をしながらも、

「少《すこ》しまえから、子《こ》どもたちが島姥《しまんば》を見《み》たとワシにいっておったのじゃが、ホラ話《ばなし》だと思《おも》ってわらっとったよ。まさか、こんなことがあろうとは……。」

と、しんこくな顔《かお》でいって、すぐに島《しま》に駐在《ちゅうざい》している警官《けいかん》に電話《でんわ》をかけてくれた。

駐在《ちゅうざい》さんははんぶん信《しん》じられないような顔《かお》をしながらも、島《しま》の青年団《せいねんだん》の二人《ふたり》といっしょに、事件《じけん》のおきたほら穴《あな》をしらべにいってくれるとのことだった。

ひとまずホッとしていると、心配《しんぱい》したようすで白河《しらかわ》くんと秀島《ひでしま》くんがアゲハ荘《そう》にかけつけてくれた。

笑美《えみ》が二人《ふたり》に電話《でんわ》で、今日《きょう》おきたことを知《し》らせたらしい。

「見《み》たのか、みんなも。あのバケモノを。」

アゲハ荘《そう》にくると開口《かいこう》いちばん、白河《しらかわ》くんがいった。

「ぼくと真吾《しんご》は、なんども見《み》てるんだ。でも、大人《おとな》にいってもだれも信《しん》じてくれないんだ。ぼくたちがふざけてるんじゃないかって、思《おも》ってる。」

「オレもそうだよ。この目《め》でちゃんと見《み》たんだ。二メートル以上《いじょう》もありそうなでっかいヤツが、洞窟《どうくつ》から出《で》てきて、両手《りょうて》にニワトリをぶらさげてるとか、見《み》たままをいっても、だれも信《しん》じてくれないんだよ。」

秀島《ひでしま》くんは、そういってざんねんそうにマユをよせた。

「いったでしょ、高瀬先生《たかせせんせい》。」

白河《しらかわ》くんがつめよる。

「島姥《しまんば》はいるんだ。ほんとうにいるんだ。だから島姥《しまんば》なんかただの伝説《でんせつ》だとか、バカにしたようなことをいったら、呪《のろ》われるかもしれない。島《しま》の守《まも》り神《がみ》なんだよ、島姥《しまんば》は。よそ者《もの》から島《しま》をまもってるんだ。」

「待《ま》ってくれ、白河《しらかわ》くん。」

高瀬教授《たかせきょうじゅ》はこまった顔《かお》で、

「今日《きょう》おきたことを、島姥《しまんば》の伝説《でんせつ》とむすびつけるのは、まだ早《はや》い。そもそも駐在《ちゅうざい》さんが帰《かえ》ってこないと、あの洞窟《どうくつ》でなにがおきたのかもはっきりしないいんだからね。」

たしかにそうかも。

わたしたちは、あのほら穴《あな》から突《つ》きだしていた足《あし》を見《み》て、人《ひと》が殺《ころ》されたと思《おも》いこんでしまったけれど……。

「これでだれかの死体《したい》でも洞窟《どうくつ》で見《み》つかったら、話《はなし》はかわってくるがね。」

「死体《したい》なんか見《み》つからないと思《おも》いますよ、高瀬先生《たかせせんせい》。」

白河《しらかわ》くんはおびえた顔《かお》でいった。

「だって島姥《しまんば》に食《た》べられちゃっただろうから。」

うすやみの中《なか》で見《み》た、血《ち》まみれの島姥《しまんば》のすがたがよみがえる。

右手《みぎて》ににぎられていた鎌《かま》。

けもののような息《いき》づかい。

そして、二メートルをうわまわるような巨体《きょたい》……。

「ねえ、ちがう話《はなし》しよ？　財宝《ざいほう》とか、楽《たの》しい話《はなし》！」

笑美《えみ》が、たまらずにいった。

「そんなら、この島《しま》のアルバムでも、もってこようかのう？」

富安《とみやす》のおじいちゃんは、そういって部屋《へや》を出《で》ていった。

2

ほどなくもどってきたおじいちゃんの手《て》には、古《ふる》びたアルバムがあった。

ひらくとそこには、おじいちゃんがだいじにしている日々《ひび》の思《おも》い出《で》がたくさんおさめられていた。

島《しま》が観光客《かんこうきゃく》でにぎわっていたころの写真《しゃしん》、まだ若《わか》いおじいちゃんは、いまとかわらない笑顔《えがお》だ。

おじいちゃんの奥《おく》さんもうつっている。

息子《むすこ》の夏樹《なつき》さんも、まだ子《こ》どものころからたくさん写真《しゃしん》におさまっていて、みんな、みんな笑顔《えがお》だった。

いまはもう廃校《はいこう》になってしまった学校《がっこう》の写真《しゃしん》もあった。

授業参観《じゅぎょうさんかん》の写真《しゃしん》では、おおぜいの子《こ》どもたちがきそいあうように手《て》をあげている。

図画工作《ずがこうさく》の授業《じゅぎょう》では、みんな楽《たの》しそうに絵《え》をかいていたし、理科《りか》の授業《じゅぎょう》では教室《きょうしつ》の骨格標本《こっかくひょうほん》をつかって、先生《せんせい》がなにかおしえているようすがよくわかった。

「あ、鮎川先生《あゆかわせんせい》だ！」

秀島《ひでしま》くんが声《こえ》をあげた。

「なつかしいな、元気《げんき》にしてる？」

「もちろん。ぜんぜんかわってないよ、お父《とう》さんは。」

笑美《えみ》もなつかしそう。

「なつかしかったら、たずねてみるとええぞ。」

と、おじいちゃんは、笑美《えみ》にいった。

「かぎもかかってないし、中《なか》のものも、ひとつ残《のこ》らずそのままにしてある。図書室《としょしつ》の本《ほん》もじゃ。たまに青年団《せいねんだん》の連中《れんちゅう》がそうじに入《はい》っておるから、床《ゆか》も壁《かべ》も窓《まど》も、きれいなもんじゃよ。」

「うん、そうだね……。」

思《おも》い出《で》のアルバムは、人《ひと》の気持《きも》ちをやさしくなごませてくれる。

ふと思《おも》った。

この島《しま》の人《ひと》たちは、どんなくらしがしたいのだろう。

にぎわっていたころにもどりたいのだろうか。

それとも、リゾート開発《かいはつ》されていっぱい観光客《かんこうきゃく》がきて、ゆたかな生活《せいかつ》をしたいのだろうか。

さっき会《あ》った青年団《せいねんだん》の人《ひと》たちは、まっ黒《くろ》に日《ひ》やけしていきいきとしていた。目《め》はかがやいていて、ずっとこの島《しま》でくらしていくんだっていう気持《きも》ちが、ちょっと会《あ》っただけでも伝《つた》わってきた。

そしてみんな、秀島《ひでしま》くんや白河《しらかわ》くんはもちろん、青年団《せいねんだん》や駐在《ちゅうざい》さんもふくめて、富安《とみやす》のおじいちゃんが大好《だいす》きなんだなって気《き》がした。

なのに、いまは島《しま》に住《す》んでいない富安夏樹《とみやすなつき》さんが、なぜこの生活《せいかつ》をかえようとするんだろう。

わたしには、その考《かんが》えが正《ただ》しいようには、どうしても思《おも》えなかった。

3

この夜《よる》はおそくなるまで、秀島《ひでしま》くんも白河《しらかわ》くんもアゲハ荘《そう》にいた。

トランプをやったりボードゲームをやったり。

テレビゲームはなかったから、会話《かいわ》はとぎれなかったし、みんなが同《おな》じほうを見《み》ている感《かん》じが、わたしはとても楽《たの》しかった。

さいしょは少《すこ》したいくつそうだったはじめちゃんも、気《き》がつくといちばんもりあがっていたしね。

東京《とうきょう》にもどっても、こんな感《かん》じだといいんだけど、きっとまた元《もと》どおりになっちゃうんだろうな。

ボードゲームがおわると、みんなでお風呂《ふろ》に入《はい》ろうということになった。

ここにきてすぐに一度《いちど》入《はい》ったんだけど、温泉《おんせん》の露天風呂《ろてんぶろ》がとても気持《きも》ちいい。

女子《じょし》はわたしと笑美《えみ》、それに北条先生《ほうじょうせんせい》もいっしょ。

男子《だんし》はたくさんいて、はじめちゃん、チュウ、草太《そうた》くんにくわえて、白河《しらかわ》くんと秀島《ひでしま》くんもいっしょに入《はい》っていけと、おじいちゃんがいってくれた。

「おーい、美雪《みゆき》ーっ。そっちはどうだ～っ。」

板塀《いたべい》ごしに、はじめちゃんがよびかけてくる。

「すっごい気持《きも》ちいいよ～っ。おっきい露天風呂《ろてんぶろ》に、あたしと笑美《えみ》の二人《ふたり》だけで～っ。」

と、わたし。

北条先生《ほうじょうせんせい》はさきに出《で》ていた。

まわりは木《き》がうっそうとしていて森《もり》の中《なか》のよう。でもじつは、南側《みなみがわ》はガケがすぐ近《ちか》くで、明《あか》るいときに入《はい》ると海《うみ》が見《み》える。

もう夜《よる》の八時《じ》すぎだから、まっ暗《くら》で見《み》えないけれど、明日《あす》の朝《あさ》になったらまた入《はい》りたい。

「そうかーっ。こっちもチュウと草太《そうた》はいま出《で》ちゃったし、オレと秀島《ひでしま》と白河《しらかわ》と、あと大人《おとな》の人二人《ひとふたり》だけだから、気持《きも》ち……。」

ふと、はじめちゃんがだまりこんだ。

「おい、白河《しらかわ》、あれなんだ？」

「えっ、あれって？」

白河《しらかわ》くんの声《こえ》がした。

「なんか近《ちか》づいてくるじゃんか、ほら。」

と、はじめちゃん。

「やばいっ、やばいよっ！　島姥《しまんば》だっ！」

こんどは秀島《ひでしま》くん。

「うわっ！　うわあああっ！」

いっせいに悲鳴《ひめい》があがる。

「にげてっ、きっとあなたたちがねらわれてるんだっ！」

白河《しらかわ》くんがさけぶ。

「ええっ！」

「な、なんでオレたちが!?」

いっしょに入《はい》ってる大人《おとな》たちの声《こえ》。

たぶん、リゾート開発会社《かいはつがいしゃ》の二人《ふたり》だろう。

「いいからにげて――っ！」

「わ、わかっ……うわっ、うわわっ！　きたあああっ！」

「ほ、ほんとにさっきの島姥《しまんば》だっ！」

大人二人《おとなふたり》の声《こえ》がかさなり、バシャバシャと水《みず》の音《おと》がつづいた。

「く、くるっ、こっちきた――っ！」

はじめちゃんの声《こえ》。

同時《どうじ》に、バキバキバキッと木《き》がくだける音《おと》がして、板塀《いたべい》の一部《いちぶ》がこわれてしまう。

男湯《おとこゆ》からとびこんでくる、はじめちゃん。

「きゃあああ――っ！」

わたしと笑美《えみ》が、同時《どうじ》にさけぶ。

「なにしてんのよ――っ！」

反射的《はんしゃてき》に、お湯《ゆ》をおもいきりかけた。

「うわっぷ！　な、なにすんだよっ、美雪《みゆき》！」

「それはこっちのセリフでしょ、エッチ！」

「そうじゃないって！　島姥《しまんば》がきたんだよっ！　でもって塀《へい》がこわれて……。」

「いいから出《で》てって――っ！」

こわいのと恥《は》ずかしいのが、いっしょくたになって、大《だい》パニックだった。

4

「……まったく、ひどいめにあったぜ。」

はじめちゃんは、タオルでぬれた髪《かみ》をごしごしふいている。

お風呂《ふろ》からにげたわたしたちは、とりあえず大広間《おおひろま》に避難《ひなん》してきた。

北条先生《ほうじょうせんせい》もすぐにきてくれたし、高瀬教授《たかせきょうじゅ》もしばらくしたらやってきて、わたしたちの話《はなし》を聞《き》いてくれた。

白河《しらかわ》くんたちも、まだあの怪物《かいぶつ》がうろうろしてるかもしれないということで、今夜《こんや》はこのアゲハ荘《そう》に泊《と》まっていくことになった。

リゾート開発会社《かいはつがいしゃ》の二人《ふたり》も、自分《じぶん》たちだけで部屋《へや》にいるのがこわいのか、大広間《おおひろま》にきておじいちゃんが用意《ようい》してくれたお茶《ちゃ》をすすっている。

「はじめちゃん、なんで女湯《おんなゆ》のほうにきたわけ？　ぜったいわざとでしょ。ね？　笑美《えみ》。」

「ちがうと思《おも》うよ、美雪《みゆき》ちゃん。」

笑美《えみ》はそういうけど、それははじめちゃんのことをよく知《し》らないからだ。

「そんなわけないだろ。パニックだったんだよ。塀《へい》がくさっててこわれたのも事故《じこ》だし、オレはわるくないから！」

「ほんとかしら？」

「てか美雪《みゆき》、べつにいいだろ。ちょっとまえまでは、いっしょに風呂《ふろ》入《はい》ってたじゃんかよ。」

「えっ、そうなの？」

チュウが目《め》を丸《まる》くして見《み》る。

「ちょっとまえじゃないでしょ！　一年生《ねんせい》のころまでだから、もう五年《ねん》もまえの話《はなし》よっ。」

「そんなことより、島姥《しまんば》だよ。なんだったんだ？　あれ……。」

「なにって……わからないけど……島姥《しまんば》でしょ？」

二度《ど》もわたしたちのまえにあらわれたんだから、ほんとうにいるのはまちがいない。

「伝説《でんせつ》の妖怪《ようかい》よ。ほんとうにいるのよ、この島《しま》に……。」

「妖怪《ようかい》ねえ……。」

はじめちゃんは、なっとくのいかない顔《かお》であごに手《て》をあてている。

「かりにあれを島姥《しまんば》とよぶにしても、妖怪《ようかい》なんてものではないでしょう。」

高瀬《たかせ》教授《きょうじゅ》がいった。

「ただ、洞窟《どうくつ》の入《い》り口《ぐち》にたおれていたのが、船《ふね》でいっしょだったリゾート開発会社《かいはつがいしゃ》の社員《しゃいん》二人《ふたり》のうちひとりだとしたら、あの島姥《しまんば》におそわれたことはたしかでしょう。もしかすると、殺《ころ》されているのかもしれない。」

「や、やっぱり殺《ころ》されたんですかね、あの二人《ふたり》……。」

クリモトさんが、そういって教授《きょうじゅ》の近《ちか》くに寄《よ》ってくる。

「二人《ふたり》ともかどうかはわかりませんが、どっちもこの時間《じかん》まで帰《かえ》ってこないというのは、なにかあったとしか……。」

もう夜《よる》の九時《じ》になろうとしているのに、夕食《ゆうしょく》も食《た》べずに、いなくなったままだ。

そしてあの動《うご》かないままたおれていた足《あし》……。

「わたしは頭《あたま》のおかしい殺人鬼《さつじんき》ではないかと思《おも》います。どうやってこの島《しま》にやってきたのかわかりませんが、リゾート開発《かいはつ》をしようと考《かんが》えている人《ひと》たちをねらっているとしたら、あなたがたもあぶないかもしれません。」

と、しんこくな顔《かお》で、教授《きょうじゅ》はミズチさんとクリモトさんにいった。

「いやいやいや、わたしたちはこの島《しま》をゆたかにしようと思《おも》ってるわけですから、うらまれるすじあいはないはずですよ。なあ、久利元《くりもと》。」

「は、はあ……。」

クリモトさんは、すっかりちぢみあがっている。

「島姥《しまんば》は、そうは思《おも》っていないのかもしれません。あなたがたが露天風呂《ろてんぶろ》に入《はい》っているところをねらったわけですから。」

「じょ、じょうだんじゃない。」

ミズチさんがいった。

「こんなことで殺《ころ》されたらたまらん。だいたい、いなくなった二人《ふたり》だって殺《ころ》されたとはかぎらんでしょう。」

「こんな時間《じかん》まで、どこにでかけているというのですか?」

「それは……。」

「ともかく、明日《あす》になったらあらためて捜索《そうさく》しましょう。そのときは、いっしょにお願《ねが》いします。」

「……わかりました。」

そんな大人《おとな》たちの会話《かいわ》を聞《き》いていた白河《しらかわ》くんが、わりこんできた。

「まだそんなこといってるんですか、高瀬先生《たかせせんせい》。島姥《しまんば》はいるよ。このからす島《じま》の守《まも》り神《がみ》なんだ。そんなこといってると、先生《せんせい》だって呪《のろ》われるかもしれないよ。」

「白河《しらかわ》くん……。」

「あんたたちもさ。」

と、ミズチさんたちにむきなおる。

「島姥《しまんば》に殺《ころ》されてくわれたくなかったら、さっさと島《しま》を出《で》ていったほうがいいよ。」

そういいのこして、彼《かれ》は秀島《ひでしま》くんといっしょに大広間《おおひろま》を出《で》ていった。

5

翌朝早《よくあさはや》くに、島《しま》に住《す》んでいる駐在《ちゅうざい》のおまわりさんがアゲハ荘《そう》にやってきた。

あのあと、島姥《しまんば》が出《で》たほら穴《あな》を青年団《せいねんだん》の人《ひと》たちといっしょにしらべにいったけれど、けっきょくなにも見《み》つからなかったらしい。

いなくなった『中田喜一《なかたきいち》』という人《ひと》ともうひとりは、朝《あさ》になっても部屋《へや》には帰《かえ》っていなかった。

そしてほら穴《あな》にも、その二人《ふたり》につながるようなものは、なにひとつ残《のこ》されていなかったらしい。

おまわりさんは、わたしたちが見《み》たことはほんとうだとしても、それが警察《けいさつ》が出《で》ていくような事件《じけん》かどうかは、いまのところ証明《しょうめい》できないといった。

いなくなった二人《ふたり》の部屋《へや》には、荷物《にもつ》はなにも残《のこ》っておらず、お茶《ちゃ》をいれてのんだらしいあとがあるだけだったみたい。

富安《とみやす》のおじいちゃんの話《はなし》では、二人《ふたり》はそれぞれボストンバッグをもっていたそうだから、外《そと》に出《で》るときにもっていったことになる。

おまわりさんは、なにかわけがあって野宿《のじゅく》でもしたのかもしれないといっていたが、そんなことがあるのだろうか。

残《のこ》されていた二人《ふたり》の名刺《めいし》をたよって、つとめ先《さき》に電話《でんわ》をかけてもみたけれど、土曜日《どようび》ということもあり、電話《でんわ》はつながらなかった。

ともかく、昨日《きのう》東京《とうきょう》からきたばかりの人間《にんげん》が、二人《ふたり》いっぺんにいなくなったことはまちがいない。

おまわりさんは、今日一日《きょういちにち》たってその二人《ふたり》が見《み》つからないようなら、いちおう行方不明《ゆくえふめい》事件《じけん》として八丈島《はちじょうじま》の警察署《けいさつしょ》に報告《ほうこく》するといって帰《かえ》っていった。

もしかしたら、わたしたちのイタズラだとうたがっているのかもしれない。

たしかに、あの怪物《かいぶつ》を見《み》た人間《にんげん》でないと、とても信《しん》じられない話《はなし》ではある。

おまわりさんは、いまはまだ、島《しま》じゅうをしらべることまではしてくれなさそうだったので、しかたなく高瀬教授《たかせきょうじゅ》が、島《しま》の青年団《せいねんだん》の人《ひと》たちに、いなくなった『中田喜一《なかたきいち》』さんをさがすようにたのんだ。

そして、朝食《ちょうしょく》をおえてすぐに、アゲハ荘《そう》に泊《と》まっているわたしたち全員《ぜんいん》も、その捜索《そうさく》にくわわることにした。

高瀬教授《たかせきょうじゅ》がリゾート開発会社《かいはつがいしゃ》の二人《ふたり》にも協力《きょうりょく》を依頼《いらい》して、ほかにも富安《とみやす》のおじいちゃん、秀島《ひでしま》くん、白河《しらかわ》くんもくわわって、荷物《にもつ》ごと消《き》えてしまった二人《ふたり》の客《きゃく》たちをさがすことになった。

わたしたち『捜索隊《そうさくたい》』は、もしも島姥《しまんば》にでくわしたときのことを考《かんが》えて、二人《ふたり》から三人《にん》で行動《こうどう》しようということになった。

チーム編成《へんせい》は、大人《おとな》ひとりにつき、子《こ》どもひとりから二人《ふたり》。

わたしは高瀬教授《たかせきょうじゅ》と二人《ふたり》、はじめちゃんは富安《とみやす》のおじいちゃんと、チュウの三人《にん》。

道案内《みちあんない》のできる地元《じもと》の小学生二人《しょうがくせいふたり》と笑美《えみ》は、それぞれ島《しま》のことをよく知《し》らない大人《おとな》たちとチームをくんだ。

北条先生《ほうじょうせんせい》は笑美《えみ》と草太《そうた》くんの三人《にん》チーム、リゾート開発会社《かいはつがいしゃ》のミズチさんは白河《しらかわ》くん、クリモトさんは秀島《ひでしま》くんといっしょに行動《こうどう》することになった。

でも、それぞれのチームがあまりとおくにはなれたりはせずに、なにかあったらすぐに大声《おおごえ》をあげてにげて、仲間《なかま》をよぶことにしようときめた。

そして全員《ぜんいん》が木《き》の棒《ぼう》や野《や》球《きゅう》のバットなど、いざというときに武器《ぶき》になりそうなものを手《て》にしていた。

ただ、あの二メートルをこえる怪物《かいぶつ》に、そんなものが通用《つうよう》するとは、わたしには思《おも》えなかったけれど。

わたしたち『捜索隊《そうさくたい》』の十二人《にん》は、朝《あさ》の八時《じ》に裏庭《うらにわ》に集《あつ》まって、どういうルートで捜索《そうさく》をするかを打《う》ち合《あ》わせしていた。

裏庭《うらにわ》は、砂浜《すなはま》を見《み》おろすガケの上《うえ》にあった。

たくさんの南国《なんごく》の花《はな》やくだものの木《き》がうわっている庭《にわ》には、何十《なんじゅう》ものアゲハチョウがまい飛《と》んでいる。

どれもが黒《くろ》いハネのカラスアゲハだ。それらは八丈島《はちじょうじま》にいるものと同《おな》じ種類《しゅるい》で、この島《しま》にずっとむかしからすみついているのだと、おじいちゃんはいっていた。

ガケの近《ちか》くには、ロープがはられて立《た》ち入《い》り禁止《きんし》のかんばんが立《た》っている場所《ばしょ》があっ

立入禁止

た。

その中《なか》には、ほら穴《あな》が口《くち》を開《あ》けていて、おじいちゃんの話《はなし》では、たてに深《ふか》い穴《あな》なので、うっかりおちてしまうとあぶないから、近寄《ちかよ》らないように、ロープをはってあるのだという。

「あぶないから近寄《ちかよ》ってはいけないよ。」

おじいちゃんにそういわれるまでもなく、わたしは近寄《ちかよ》る気《き》などさらさらない。

そのほら穴《あな》から、あのおそろしい島姥《しまんば》が出《で》てくるように思《おも》えたからだ。

もしかしてゆうべ、露天風呂《ろてんぶろ》にとつぜんあらわれたのも、この穴《あな》をぬけてきたのではないか、そんな気《き》がしてならなかった。

6

「さてそれでは、これより捜索《そうさく》を開始《かいし》いたします。とちゅうまではいっしょにいこうと思《おも》いますので、わたしについてきてください。」

高瀬教授《たかせきょうじゅ》が、そういって同《おな》じチームのわたしにめくばせをして、歩《ある》きだした。

それを合図《あいず》に、全員《ぜんいん》がガケのほうにむかっていく。

ガケにそって柵《さく》がつくられていて、そこから砂浜《すなはま》を下《した》に見《み》おろしながら、海《うみ》ぎわを歩《ある》いていける遊歩道《ゆうほどう》がのびている。

遊歩道《ゆうほどう》に入《はい》り、美《うつく》しい白砂《しろすな》のビーチを見《み》おろせるところにきたときだった。

「あれ、なにかしら？」

笑美《えみ》がビーチを見《み》おろしていった。

つられて見《み》ると、ビーチのてまえ、ガケのすぐ下《した》のあたりに、なにか白《しろ》いものがある。

それはよく見《み》ると、人《ひと》の形《かたち》をしていた。

でも、生《い》きた人間《にんげん》ではなかった。

十五メートルほど下《した》だろうか。

まぶしい白砂《しろすな》にまぎれて、ちょっとわかりにくいけれど、それはまちがいなく骨《ほね》だった。

ろっ骨《こつ》、背骨《せぼね》、骨盤《こつばん》、だいたい骨《こつ》……そして両《りょう》うでと頭《ず》がい骨《こつ》。

理科《りか》の教科書《きょうかしょ》にも出《で》ている、人間《にんげん》の骨格《こっかく》そのものが、砂浜《すなはま》に横《よこ》たわっていたのだ。

「人《ひと》の骨《ほね》じゃないのか、あれ……。」

白河《しらかわ》くんがいった。

動揺《どうよう》がひろがる。

「白骨《はっこつ》……？」

はじめちゃんが、ガケの下《した》に柵《さく》から身《み》をのりだしてつぶやく。

リゾート開発会社《かいはつがいしゃ》の二人《ふたり》もビーチをのぞきこみ、まっ青《さお》になって、

「ど、どう見《み》ても人骨《じんこつ》だ……。」

「殺《ころ》されたヤツの骨《ほね》じゃないのか？」

などといって、ひどく動揺《どうよう》しだす。

「骨《ほね》であることはたしかみたいだ。……ひょっとしたら人骨《じんこつ》かもしれないな、たしかに。」

と、高瀬教授《たかせきょうじゅ》。パニックをおこしそうなわたしたちにむけて両手《りょうて》をひろげながら、

「おちついて。なにか動物《どうぶつ》の骨《ほね》かもしれないし、近寄《ちかよ》って確認《かくにん》しないとわからない。みんなでビーチにいってみよう。」

と、全員《ぜんいん》に声《こえ》をかける。

教授《きょうじゅ》はそういうけれど、わたしには人《ひと》の骨《ほね》にしか見《み》えない。

昨日《きのう》おきた事件《じけん》が、頭《あたま》の中《なか》でよみがえる。

ほら穴《あな》に引《ひ》きずりこまれた足《あし》。

行方不明《ゆくえふめい》の二人《ふたり》。

白河《しらかわ》くんの言葉《ことば》。


死体《したい》なんか見《み》つからないと思《おも》いますよ。だって島姥《しまんば》に食《た》べられちゃっただろうから。


「だれかひとり、ねんのためにアゲハ荘《そう》にもどっておまわりさんに電話《でんわ》をしたほうがいいな。秀島《ひでしま》くん、キミがいってくれないか。」

と、教授《きょうじゅ》。

「はい。わかりました、先生《せんせい》!」

秀島《ひでしま》くんは、そういってアゲハ荘《そう》にむかう。

「さあ、みんなビーチにいってみましょう。はなれないようについてきて。」

と、教授《きょうじゅ》は先頭《せんとう》に立《た》って歩《ある》きだした。

五十メートルほどいくと、ビーチにおりていく階段《かいだん》があった。

古《ふる》い手《て》すりはちょっとあぶなっかしい気《き》がしたけれど、みんなそれをたよりに階段《かいだん》をおりていく。

ビーチには二、三分《ぷん》でおりていけた。

わたしたちは、フワフワした白砂《しろすな》に足《あし》をとられながらも走《はし》った。

もし島姥《しまんば》が待《ま》ちうけていたら、この歩《ある》きにくい砂《すな》の上《うえ》を走《はし》ってにげきれるのだろうか。

どきどきした。

あの巨大《きょだい》な怪物《かいぶつ》が、ものかげにひそんでいる気《き》がした。

祈《いの》るような気持《きも》ちだった。

ただの見《み》まちがいでありますように。

島姥《しまんば》が待《ま》っていませんように。

百メートルくらい走《はし》り、白骨《はっこつ》が横《よこ》たわっていたあたりにたどりついた。

しかし、そこにはなにもない。
白骨《はっこつ》はおろか、そう見《み》えるような木《き》や岩《いわ》もなかった。
ただきれいな白砂《しろすな》のビーチがつづいているだけだった。
「白骨《はっこつ》が……消《き》えた？」
はじめちゃんがつぶやいた。
そうだ。
たしかにここに、人《ひと》の骨《ほね》があった。
頭《ず》がい骨《こつ》もろっ骨《こつ》も手足《てあし》もある、白骨《はっこつ》が横《よこ》たわっていたのだ。
それがわずか数分《すうふん》のあいだに、けむりのように消《き》えてしまった。
「もちさったんだよ、島姥《しまんば》が。骨《ほね》もしゃぶるために、もっていったんだ。」
白河《しらかわ》くんが、ぼそっとつぶやいた。
ゾッとなる。
島姥《しまんば》が、人間《にんげん》の骨《ほね》にしゃぶりつくすがたを想像《そうぞう》してしまう。
ふと見《み》ると、ガケにぽっかりとほら穴《あな》があった。

十四のほら穴《あな》のひとつが、まっ黒《くろ》い口《くち》を開《あ》けていたのだ。

もしかしたら、あの中《なか》ににげていったのではないか。

この島《しま》の海岸《かいがん》にならぶほら穴《あな》こそ、妖怪島姥《ようかいしまんば》の住《す》みかなのかもしれない。

これらの穴《あな》はじつはすべて奥《おく》のほうでつながっていて、まよいこんだら二度《にど》と出《で》られない迷宮《めいきゅう》のようになっているのではないだろうか。

そして島姥《しまんば》だけはそこを住《す》みかとしていて自由《じゆう》に歩《ある》きまわり、とおりかかった人間《にんげん》をおそって引《ひ》きずりこんで殺《ころ》し、食《た》べて生《い》きつづけているのかも……。

そんな妄想《もうそう》が、止《と》まらなかった。

7

秀島《ひでしま》くんが電話《でんわ》をかけてよびだしてから十五分《ふん》ほどで、おまわりさんは自転車《じてんしゃ》にのってやってきた。

でもそのときにはもう、白骨《はっこつ》はどこかにこつぜんと消《き》えてしまっていたので、おまわりさんはとくにやることもなく、ただわたしたちの話《はなし》を聞《き》くだけ聞《き》いて、なっとくいかない顔《かお》をして帰《かえ》っていった。

リゾート開発会社《かいはつがいしゃ》の二人《ふたり》、ミズチさんとクリモトさんは、おまわりさんがくるのを待《ま》たずに、ただちにアゲハ荘《そう》に帰《かえ》って、荷物《にもつ》をまとめだした。

おまわりさんがわたしたちの話《はなし》を聞《き》いているあいだに、大《おお》きなバッグをかかえてアゲハ荘《そう》を出《で》てきた二人《ふたり》は、すっかりおびえきった顔《かお》で、

「じょうだんじゃない。こんなバケモノ島《じま》にこれ以上《いじょう》いられるか。帰《かえ》るぞ、久利元《くりもと》くん！」

「そうですよ、さっさと帰《かえ》りましょう蛟《みずち》さん。たかがリゾート開発《かいはつ》の仕事《しごと》のために、命《いのち》を捨《す》てたりする必要《ひつよう》ありませんよっ。」

「まったくだ。そもそもこんな殺人事件《さつじんじけん》がおきたような島《しま》にリゾートホテルをたてても、客《きゃく》なんかくるわけがない。部長《ぶちょう》にそういうふうに、報告《ほうこく》すればいいんだよっ。」

「いそぎましょう。朝《あさ》の船《ふね》が出《で》ちまう！」

大声《おおごえ》でわめきたてながら、小走《こばし》りに船《ふな》つき場《ば》にむかっていく二人《ふたり》を、わたしたちはあぜ

んとして見《み》おくるだけだった。

「やっぱり守《まも》り神《がみ》だったんだ、島姥《しまんば》は。」

ぼそっ、と秀島《ひでしま》くんがつぶやく。

「二人《ふたり》は殺《ころ》されて食《た》べられたし、残《のこ》る二人《ふたり》はビビッて出《で》ていっちゃった。これで島《しま》はなにもかわらないですむ。あのアゲハ荘《そう》も、ずっと……。」

その言葉《ことば》を聞《き》いていたはじめちゃんは、去《さ》っていくリゾート開発会社《かいはつがいしゃ》の人《ひと》たちの背中《せなか》をじっと見《み》つめながらいった。

「オレはなっとくいかないぜ。」

「えっ？」

と聞《き》きかえすと、はじめちゃんはわたしのうでをつかんでひっぱり、

「いくぞ。」

と、歩《ある》きだす。

「いくってどこに？」

「たしかめたいことがあるんだ。ついてきてくれ。」

「う、うん。でもなにをたしかめるの？」

「この事件《じけん》の真相《しんそう》さ。」

「真相《しんそう》……。」

「そう。妖怪《ようかい》なんか……島姥《しまんば》なんか、いやしない。昨日《きのう》からおきてるブキミで謎《なぞ》だらけの事件《じけん》は、だれかれっきとした人間《にんげん》がおこしたことにきまってる。」

「はじめちゃん……。」

そのひきしまった顔《かお》は、学校《がっこう》でキンダニとあだなをつけられているはじめちゃんとは、別人《べつじん》のようにかっこよかった。

小《ちい》さいころに、こまっているわたしを助《たす》けてくれた、あのたよりになる幼《おさな》なじみの顔《かお》。

こういうときのはじめちゃんは、かならずちかいの言葉《ことば》を口《くち》にするの。

そしてその言葉《ことば》を聞《き》くと、わたしはいまでもワクワクするんだ。

はじめちゃんは、ふといマユ毛《げ》をキリリとよせていった。

「この謎《なぞ》は、かならずオレがといてみせる。名探偵《めいたんてい》といわれた、ジッチャンの名《な》にかけて！」

その5

島姥《しまんば》の正体《しょうたい》

1

はじめちゃんがまずむかったのは、白骨《はっこつ》が横《よこ》たわっていた砂浜《すなはま》を下《した》に見《み》る、ガケの上《うえ》のあたりだった。

そこはアゲハ荘《そう》の裏庭《うらにわ》だ。

アゲハチョウがたくさん飛《と》んでいるこの庭《にわ》は、からす島《じま》でもっともきれいな場所《ばしょ》だと、高瀬教授《たかせきょうじゅ》がいっていた。

教授《きょうじゅ》は笑美《えみ》がこの島《しま》に住《す》んでいたころから、よくたずねてきていたという。

この島《しま》の人《ひと》たちと同《おな》じように、からす島《じま》が大好《だいす》きなのだろう。

裏庭《うらにわ》には、ロープでふさがれた立《た》ち入《い》り禁止《きんし》の場所《ばしょ》があった。

その中《なか》には深《ふか》そうなほら穴《あな》があいていて、富安《とみやす》のおじいちゃんも、危険《きけん》だから近《ちか》づかないようにいっている。

はじめちゃんは北条先生《ほうじょうせんせい》がくばった古《ふる》い地図《ちず》をひろげて見《み》ながら、立《た》ち入《い》り禁止《きんし》の場所《ばしょ》に近《ちか》づいていく。

そしてロープをのりこえて、かってに中《なか》に入《はい》っていった。

「ちょ、ちょっとはじめちゃん、あぶないよ、中《なか》に入《はい》っちゃ……。」

「だいじょうぶ。穴《あな》におちないように気《き》をつけるから。」

「そんなことといっても……。」

「おかしいと思《おも》わないか、美雪《みゆき》。」

「えっ、なにが？」

「このほら穴《あな》だよ。地図《ちず》を見《み》ると、ほら穴《あな》は十四個《こ》ある。島《しま》の北側《きたがわ》と南側《みなみがわ》に七つずつ、きれいに海岸《かいがん》にならんでるんだ。」

いわれて地図《ちず》を見《み》ると、たしかにそうなっている。

「でも、それがなんでおかしいの？」

「このほら穴《あな》は、その数《かず》にふくまれてないと思《おも》わないか？」

「えっ。」

たしかにそうかも。

島南地区《とうなんちく》には七つのほら穴《あな》があるけれど、この穴《あな》のことは数《かず》に入《はい》っていない。

「それにこのロープやかんばんは、まだそんなに古《ふる》くない。きっとこの穴《あな》は、最近《さいきん》になってできたんだ。このあたりの地面《じめん》がくずれて、急《きゅう》に穴《あな》があいたのさ。だから危険《きけん》だっていうんで、近《ちか》づかないようにこんなふうにロープでふさいでかんばんを立《た》てたってわけ。」

「そうだったのね……でもそれがどうかしたのかな？」

「まあ、ちょっと待《ま》ってろって。」

と、ソロリソロリとはじめちゃんは、穴《あな》に近《ちか》づいていく。

そして耳《みみ》に手《て》をあてて、穴《あな》の中《なか》の音《おと》を聞《き》きはじめた。

「……やっぱりそうか。」

「どうしたの？」

「聞《き》こえるんだよ。」

「なにが？」

「波《なみ》の音《おと》さ。この穴《あな》は、下《した》の砂浜《すなはま》のすぐ上《うえ》にあいてるほら穴《あな》につながってるんだ。」

「えっ？」

はじめちゃんのまねをして、ほら穴《あな》に少《すこ》し近寄《ちかよ》って耳《みみ》をすませた。

ザザッ……ザザ——ッ……。

たしかに波《なみ》の音《おと》がする。

たしかにはじめちゃんのいうように、このたてにあいた穴《あな》は、十五メートルほど下《した》の砂《すな》浜《はま》の少《すこ》し上《うえ》にあいているほら穴《あな》につながっているらしい。

「……そうなると……。」

はじめちゃんは穴《あな》からはなれて、

「よし、つぎにいくぞ。ついてこい、美雪《みゆき》。」

といって、また歩《ある》きだした。

2

わたしをつれて、つぎにはじめちゃんがやってきたのは、笑美《えみ》たちがかよっていたという学校《がっこう》のあと。

富安《とみやす》のおじいちゃんに場所《ばしょ》を聞《き》いて、地図《ちず》をかりてやってきたのだった。

門《もん》はさすがにさびてしまっているけれど、道《みち》や校庭《こうてい》はそんなにあれてはいない。門はかぎもかかっておらず、たびたびここに人《ひと》が出入《でい》りしていることがうかがえた。

富安《とみやす》のおじいちゃんがいっていたように、いまもこの学校《がっこう》を卒業《そつぎょう》した青年団《せいねんだん》の人《ひと》たちを中心《ちゅうしん》に、島《しま》の人《ひと》たちがたまにそうじをしたり、ちょっとした修理《しゅうり》もしているからだろう。

島《しま》の人口《じんこう》はいちばん多《おお》いときで三百人《にん》をこえていたそうで、そのときはこの『からす島《じま》小中学校《しょうちゅうがっこう》』の生徒《せいと》も、四十人《にん》ほどいたようだった。

平屋《ひらや》づくりの学校《がっこう》には、学年《がくねん》ごとの教室《きょうしつ》が小《しょう》一から中《ちゅう》三まで九つあって、小《ちい》さいながらも家庭科室《かていかしつ》と図書室《としょしつ》、それに理科室《りかしつ》もあったそうだ。

笑美《えみ》がかよっていたときには、もう生徒《せいと》はたった九人《にん》しかいなかったらしいけれど、彼女《かのじょ》のお父《とう》さんは小学校《しょうがっこう》では五、六年生《ねんせい》の担任《たんにん》をしながら、最後《さいご》の中学生《ちゅうがくせい》三人《にん》に理科《りか》をおしえていたという。

わたしたちは昇降口《しょうこうぐち》でちゃんとくつをぬいで、くつしたのまま学校内《がっこうない》に入《はい》った。

廊下《ろうか》は最近《さいきん》そうじをしたのだろうか、歩《ある》いてもくつしたはそれほどよごれない。

「どの教室《きょうしつ》で笑美《えみ》たちは勉強《べんきょう》してたのかな……あっ、三年《ねん》の教室《きょうしつ》だ。きっとあそこよ。」

とびらの上《うえ》の札《ふだ》に『3年生《ねんせい》』と書《か》かれた教室《きょうしつ》をのぞきこんだ。

教室《きょうしつ》は小《ちい》さいけれど机《つくえ》とイスがちゃんと三つならんでいる。

きっと、らくがきの多《おお》い机《つくえ》が秀島《ひでしま》くんでそのとなりが白河《しらかわ》くん、それにもうひとつのいちばんきれいな机《つくえ》が、笑美《えみ》の席《せき》だったにちがいない。

「いくぞ、美雪《みゆき》。」

と、はじめちゃん。気持《きも》ちはもう、事件《じけん》の謎《なぞ》ときにむかっているみたい。

「うん。どこにいくの？」

「理科室《りかしつ》さ。」

そういって早足《はやあし》で廊下《ろうか》をすすむはじめちゃんのうしろすがたは、なんだかかたのもしく見《み》える。

理科室《りかしつ》は廊下《ろうか》のつきあたりにあり、空気《くうき》がこもらないようにするためなのか、ドアが開《あ》いたままでとめられていた。

理科室《りかしつ》はほかの教室《きょうしつ》とくらべると少《すこ》し大《おお》きくて、机《つくえ》もぜんぶで九つならんでいる。机《つくえ》とイスが全校生徒《ぜんこうせいと》の数《かず》だけあるということは、ここで全員《ぜんいん》でなにかをすることもあったのかもしれない。

フラスコや試験管《しけんかん》やてんびんばかりなどの実験器具《じっけんきぐ》が、たなの中《なか》におさめられたままで、黒板《こくばん》のチョークをおく粉《こな》うけには、ちゃんと黒板消《こくばんけ》しもあった。

黒板《こくばん》のむかって左側《ひだりがわ》には、人間《にんげん》の内臓《ないぞう》などのからだの中《なか》のしくみを理解《りかい》するための、あのちょっとぶきみな標本《ひょうほん》もあって、そのとなりには天体望遠鏡《てんたいぼうえんきょう》までおかれたままだった。

水道《すいどう》のながしもあり、近《ちか》くにはガスのせんもある。

なににつかったのかはわからないけれど、シカににた動物《どうぶつ》のくびの標本《ひょうほん》もあった。

めだつものは、だいたいこのくらい。

はじめちゃんがなにをさがしにここにこようとしたのかは、わたしにはまったくわからなかった。

「ねえ、はじめちゃん？　さがそうとしたものは、見《み》つかった？」

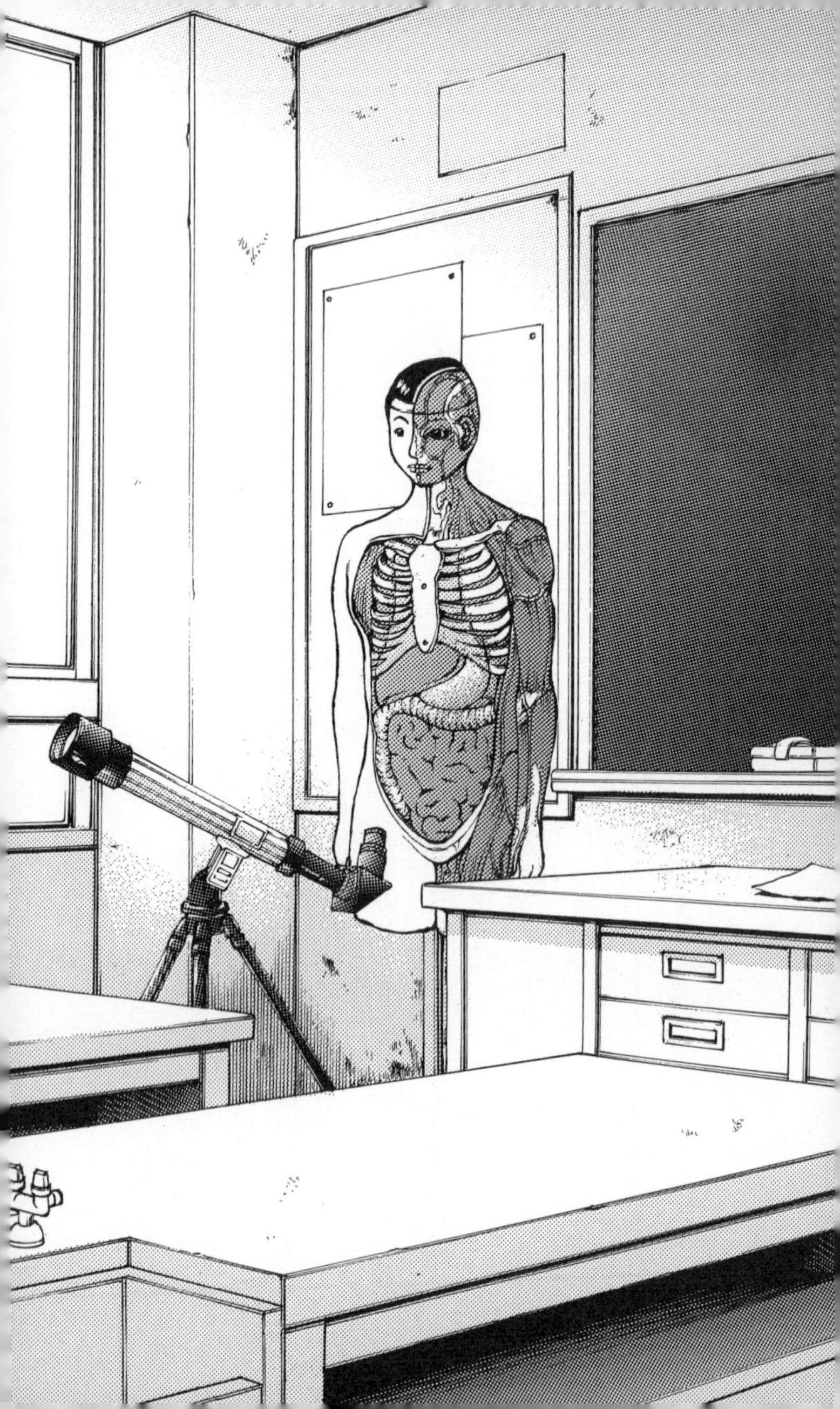

「いいや。」

「えっ。」

「見《み》つからないからこそ、真相《しんそう》に近《ちか》づけるときもあるんだよ……。」

謎《なぞ》めいたことをいって、イタズラっぽくニヤッとわらう。

いつもこうやって、かんじんなところをわたしにもいおうとせずに、自分《じぶん》だけでいろいろと考《かんが》えながら、それでいてわたしのことを連《つ》れまわすのよね。

ほんとにもう、イジワルなヤツ……。

3

学校《がっこう》から出《で》たはじめちゃんとわたしは、こんどははじめに島姥《しまんば》と出《で》くわした、あのほら穴《あな》にむかった。

西日《にしび》のさしこむ場所《ばしょ》にある『八の穴《あな》』は、午前中《ごぜんちゅう》にはまだ日《ひ》があたらず、ちょっとうす暗《ぐら》くてこわい。

まして、あんなことがおきたあとだというのに、はじめちゃんはなんとも思《おも》わない顔《かお》で、すたすたとほら穴《あな》の中《なか》に入《はい》っていく。

アゲハ荘《そう》でかりてきた懐中電灯《かいちゅうでんとう》は古《ふる》いもので、明《あか》るいとはいえない。

ゴツゴツした岩《いわ》のかげが人《ひと》の顔《かお》に見《み》えてきて、わたしはこわくてはじめちゃんのT《ティー》シャツのそでをつかんだ。

「ん？　あれはなんだ？」

はじめちゃんがいった。

「えっ、あれって？」

「いやほら、あのかどのところの黒《くろ》っぽい……。」

「な、なに……？」

目《め》をこらす。

「ほらあの……ワッ！」

いきなりふりかえって大声《おおごえ》をあげる。

「きゃあ――――っ！」

さけんで腰《こし》をぬかす。

「アハハ、じょうだんだよっ。」

立《た》ちあがっておもいきりほっぺたをはりたおす。

こんどは、自分《じぶん》がズッコケた。ざまみろ、はじめのヤツ！

「こんなときに、おどかすなバカ——ッ！」

「いてて……わるいわるい、おまえがあんまりこわがってるから……。」

と、立《た》ちあがろうとして、ふとなにかに気《き》づく。

「ん？　どうしたの？」

「……ここは、ちょうど島姥《しまんば》が歩《ある》いてきたあたりだよな。」

「そういえば……。」

血《ち》でも飛《と》びちっているのかと思《おも》って、みぶるいした。

「見《み》ろよ、美雪《みゆき》。」

「えっ。」

と、地面《じめん》を見《み》る。

乾《かわ》いた土《つち》のうえに、あらされたようなあとが残《のこ》っていた。

でも、足《あし》あとらしいものは見《み》あたらない。

「足《あし》あとがないね。やっぱり幽霊《ゆうれい》なのかな、島姥《しまんば》って。」

「そうじゃない。消《け》したんだ。」

たしかにそう見《み》える。

でも……。

「なんで消《け》したんだろ。」

「そこだよ。島姥《しまんば》が伝説《でんせつ》にあるような妖怪《ようかい》や、高瀬教授《たかせきょうじゅ》がいってるようなイカレた殺人鬼《さつじんき》だとしたら、足《あし》あとを消《け》したりする必要《ひつよう》なんかないだろ。」

「それはそうかも……。」

「な？　そして足《あし》あとを消《け》さなきゃならなかったってことは、その『理由《りゆう》』があったってことさ。」

「それって、どんな理由《りゆう》？」

「ふっふっふっ。それはまだナイショ。」

「えーっ、また？」

「考《かんが》えてみなよ、美雪《みゆき》も。……さて、そろそろいこうぜ。」

はじめちゃんは、そういってほら穴《あな》の出口《でぐち》にむかって歩《ある》きだした。

「いこうって……どこに？」

「アゲハ荘《そう》さ。みんなを集《あつ》めて、謎《なぞ》ときをするんだ。」

「えっ、それじゃもしかして……。」

「ああ――。」

はじめちゃんはふりかえり、自信満々《じしんまんまん》の笑《え》みをうかべていった。

「謎《なぞ》は、すべてとけた。」

4

わたしとはじめちゃんがアゲハ荘《そう》に帰《かえ》ると、富安《とみやす》のおじいちゃんは裏庭《うらにわ》の花《はな》に水《みず》をあげているところだった。

耳《みみ》も目《め》もあまりよくないといっていたから、わたしたちが近《ちか》づいてきたことにも気《き》づかないでいるのだろう。

古《ふる》びた緑色《みどりいろ》のホースで水《みず》をまきながら、幸《しあわ》せそうにほほえんでいる。

おじいちゃんが水《みず》をまいた花《はな》たちは、元気《げんき》にかがやいて見《み》える。

そのキラキラにひきよせられるように、きれいな黒《くろ》いアゲハチョウがたくさん集《あつ》まってきた。

はじめちゃんも、そのようすをだまって見《み》てる。

そして小《ちい》さな声《こえ》でつぶやく。

「宝物《たからもの》って、こういうものなのかもな。」

わたしは、大《おお》きく息《いき》をすいこむと、おじいちゃんに近《ちか》づいて耳元《みみもと》でよびかけた。

「おじいちゃん！」

「ん？　おうおう、帰《かえ》ってきたのか、二人《ふたり》とも。どうだったかね、学校《がっこう》は。」

「ちゃんとそうじしてあって、いつでも通《かよ》えそうなくらいっスね！」

と、はじめちゃん。

「そんな日《ひ》がいつかまた、くるといいんじゃがな……。」

リゾートホテルが島《しま》にできたら、どうなるんだろうか。

おじいちゃんが夢見《ゆめみ》ているような日《ひ》が、またくるんだろうか。

なんとなく、そうはならない気《き》がする。

この島《しま》の人《ひと》たちがのぞんでいる日々《ひび》は、はなやかなホテルにおおぜいの観光客《かんこうきゃく》がくるような未来《みらい》とは、少《すこ》しちがうのではないだろうか。

それはもしかしたら、二度《にど》と帰《かえ》ってこない時間《じかん》なのかもしれない。

それでもいいと思《おも》いながら、島《しま》の人《ひと》たちはあの学校《がっこう》をそうじして、きれいにととのえている。

そんな気《き》がした。

「じいちゃん、みんなを広間《ひろま》に集《あつ》めてほしいんスけど。」

はじめちゃんがいった。

「この島《しま》でおきた事件《じけん》のことを、ちょっと話《はな》したいんです。秀島《ひでしま》も白河《しらかわ》も、高瀬《たかせ》教授《きょうじゅ》もよんでもらえますか。」

「……かまわんが、なにをはじめるのかね？」

「謎《なぞ》ときです。いなくなったリゾート開発会社《かいはつがいしゃ》の二人《ふたり》のこと、洞窟《どうくつ》にひっぱりこまれた足《あし》と、そのあとすがたをあらわした島姥《しまんば》。露天風呂《ろてんぶろ》にあらわれた島姥《しまんば》も、そして砂浜《すなはま》から消《き》えた白骨《はっこつ》の謎《なぞ》も。ぜんぶ、オレがときあかしてみせますよ。」

おじいちゃんは、なんの話《はなし》だかよくわからないような顔《かお》ではじめちゃんのことを見《み》ていたが、ふとニッコリほほえんでいった。

「わかった。みんなに声《こえ》をかけて集《あつ》まってもらおう。それで気《き》がすむんじゃろう？」

「はい。ぎゃくにオレ、そうしないといつまでも気《き》がすまないんス。そういうヤツなんですよ。だからお願《ねが》いします！」

はじめちゃんは、めずらしく大《おお》きく頭《あたま》をさげてみせた。

「さきにいって、待《ま》ってなさいな。」

おじいちゃんは蛇口《じゃぐち》のせんをしめて、古《ふる》びたゴムホースをまとめると、ゆっくりとアゲハ荘《そう》にもどっていった。

5

アゲハ荘《そう》の広間《ひろま》に、わたしたち不動小学校冒険《ふどうしょうがっこうぼうけん》クラブのメンバー、顧問《こもん》の北条先生《ほうじょうせんせい》、笑美《えみ》としたしかった高瀬教授《たかせきょうじゅ》、それに島《しま》に住《す》む小学生《しょうがくせい》、秀島《ひでしま》くんと白河《しらかわ》くんが集《あつ》められていた。

もちろん富安《とみやす》のおじいちゃんもいっしょにいる。

あわせて九人全員《にんぜんいん》が、はじめちゃんがこれからなにをはじめようとしているのか、よくわからないままに集《あつ》められていた。

「さて、なにをはじめるつもりなのかな、金田一《きんだいち》くん？」

北条先生《ほうじょうせんせい》がいった。

「冒険《ぼうけん》クラブの夏合宿《なつがっしゅく》として、この島《しま》に伝《つた》わる財宝《ざいほう》をさがそうとしてきたけれど、思《おも》ってもいない事件《じけん》にまきこまれてしまったから、もう今日《きょう》の夕方《ゆうがた》の船《ふね》で東京《とうきょう》に帰《かえ》ったほうがいいかなと思《おも》ってたところなの。」

先生《せんせい》は暗《くら》い顔《かお》になって、

「もしこのまま行方《ゆくえ》不明《ふめい》の二人《ふたり》が帰《かえ》ってこなかったら、おまわりさんが事件《じけん》として八丈島《はちじょうじま》の警察署《けいさつしょ》に報告《ほうこく》するかもしれないし……。」

「そんなことにはならないと思《おも》いますよ、先生《せんせい》。」

はじめちゃんは、そこにいる九人《にん》を見《み》わたしていった。

「そうなるまえにふらっとあの二人《ふたり》は帰《かえ》ってきて、このアゲハ荘《そう》に宿泊代《しゅくはくだい》をはらってどこかにいなくなるつもりなんじゃないかな。」

少《すこ》しきみょうないいかただった。

帰《かえ》るのではなく、どこかにいなくなる。

そして、『つもり』といういいかたもした。

どういう意味《いみ》なのか気《き》になっていると、同《おな》じことを思《おも》ったのか、草太《そうた》くんが聞《き》いた。

「どういう意味《いみ》だよ。あの二人《ふたり》が帰《かえ》ってきて、すぐいなくなるって。わけがわからないぜ、オレには。」

「う〜ん、どこから話《はな》すのが、いちばんわかりやすいかな……そうだ、船《ふね》の中《なか》からがいい。そうしよう。」

「船《ふね》の中《なか》？」

「そう。オレたちがこの島《しま》にやってきた、あの八丈島《はちじょうじま》からの船《ふね》の中《なか》さ。あのときに、オレたちは行方不明《ゆくえふめい》になったリゾート開発会社《かいはつがいしゃ》の二人《ふたり》に出会《であ》った。たしかひとりはふとっちょ、でもってもうひとりは、やせて背中《せなか》をまるくしてた。そして二人《ふたり》とも、帽子《ぼうし》をかぶってスーツすがただった。そうだったよな？」

みんなうなずいている。

わたしも思《おも》い出《だ》す。

ちょっとかわった二人《ふたり》だな、とたしかあのときは思《おも》ったのだ。

「あの二人《ふたり》は、ずっと船《ふね》のすみっこでオレたちに背中《せなか》をむけて、地図《ちず》をひろげてなにかボソボソ話《はな》してるだけだったから、顔《かお》もよく見《み》なかった。でもって、島《しま》につくとさっさとおりて、荷物《にもつ》を自分《じぶん》でもってどこかにいっちまった。」

そうだった。

そして白河《しらかわ》くんに三十分《ぷん》くらい島《しま》の案内《あんない》をしてもらったあとで、アゲハ荘《そう》にいくとその二人《ふたり》のものらしい名刺《めいし》と手《て》みやげが、カウンターにおいてあったんだっけ。

「島《しま》を案内《あんない》されたあとでアゲハ荘《そう》にいくと、さきにいった二人《ふたり》の客《きゃく》の名刺《めいし》と手《て》みやげがおいてあった。それを見《み》て、オレたちはなんのうたがいもなく、じいちゃんがいうように、べつのリゾート開発会社《かいはつがいしゃ》の社員《しゃいん》が、このアゲハ荘《そう》を買《か》うためにやってきたんだと信《しん》じちまった。ところが、それがトリックだったんだ。」

6

「どういうことかね?」

高瀬教授《たかせきょうじゅ》がいった。

「いっしょに船《ふね》にのってきた二人《ふたり》がトリックというのは、まったく意味《いみ》がわからないが……。」

「わかるはずですよ、教授《きょうじゅ》には。」

はじめちゃんはニヤリとわらった。

「ほんとうは、ミズチさんとクリモトさんの二人《ふたり》以外《いがい》に、この島《しま》にリゾート開発会社《かいはつがいしゃ》の人《ひと》なんかきてなかったんだよ。あの二人《ふたり》は、もともとこの島《しま》にいた人間《にんげん》が化《ば》けていただけなのさ。ねえ、そうでしょ？」

そういって教授《きょうじゅ》をじっと見《み》すえる。

「あの二人組《ふたりぐみ》のスーツの男《おとこ》のひとりは、じつはもう一週間《しゅうかん》まえからこのアゲハ荘《そう》に滞在《たいざい》していた高瀬《たかせ》教授《きょうじゅ》の変装《へんそう》だったんでしょ？」

「ええっ！」

思《おも》わずわたしは声《こえ》をあげた。

「まさか。だって、あの人《ひと》たち八丈島《はちじょうじま》から船《ふね》にのってきたのよ？」

「朝《あさ》の船《ふね》で八丈島《はちじょうじま》にいって、午後《ごご》三時《じ》二十分発《ぷんはつ》の午後《ごご》の便《びん》でもどってきただけさ。」

「……そ、そんな……。」

たしかにはっきりと顔《かお》を見《み》たわけじゃなかった。

帽子《ぼうし》を深《ふか》くかぶっていたし、ずっと背《せ》をむけてテーブルにひろげた地図《ちず》を見《み》ていたから、顔《かお》はよくわからない。

メガネをかけてスーツをきていたから、そのあとに作務衣《さむえ》をきて出《で》てきた高瀬《たかせ》教授《きょうじゅ》とは、ずいぶんと印象《いんしょう》がちがって見《み》えた。

同一人物《どういつじんぶつ》だったとしても、わからなかったかもしれない。

「でも、もうひとりのふとった人《ひと》は？　あんなにふとった大人《おとな》の人《ひと》、ほかには……。」

「大人《おとな》はいないけど、子《こ》どもならいる。」

「えっ、まさか……。」

「秀島《ひでしま》、おまえだろ、あのスーツをきたもうひとりの男《おとこ》は。」

「なっ……。」

秀島《ひでしま》くんは、ぎくっ、となって目《め》をそらす。

「帽子《ぼうし》で髪《かみ》をかくして、黒《くろ》ぶちメガネをかけて、おまけにつけひげまで……おまえの体格《たいかく》なら大人《おとな》に見《み》えるよな。横《よこ》はばだって背《せ》だって、ウチのクラスのヒデブってあだなのヤツくらいあるし。」

たしかに秀島《ひでしま》くんは、小六《しょう》ながら百七十センチ八十キロのヒデブこと大塚英司《おおつかひでし》くんと、ほとんど同《おな》じくらいの体格《たいかく》だ。

子《こ》どもっぽい顔《かお》をのぞけば、からだの大《おお》きさは大人《おとな》とかわらない。いや、小《こ》がらな大人《おとな》より大《おお》きいくらいかも。

「ちょ、ちょっと待《ま》てよ金田一《きんだいち》。そんなわけないだろ？　昨日《きのう》はじめて会《あ》ったおまえたちはともかく、富安《とみやす》のおじいちゃんにはバレちゃうだろ。むかしからオレのこと知《し》ってるし……。」

「いいや。じいちゃんは目《め》がわるいし耳《みみ》もよくないからね。帽子《ぼうし》をかぶって黒《くろ》ぶちメガネをかけ、見《み》なれないスーツをきこんだ教授《きょうじゅ》とおまえの変装《へんそう》は見《み》ぬけないさ。」

「オ、オレはそんなこと知《し》らないよ。……そ、そうだ。金田一《きんだいち》たちが島《しま》についたときに、オレ、荷物《にもつ》をはこびにきたじゃないか。」

「スーツを普段着《ふだんぎ》にきがえてからね。おまえがきたのは船《ふね》が島《しま》についてから五、六分《ぷん》したあとだったから、それくらいの時間《じかん》はあったはずだぜ。」

秀島《ひでしま》くんはだまってしまった。

7

「で、でも金田一《きんだいち》くん、あのスーツの二人《ふたり》は東京《とうきょう》で買《か》ったおかしをもってきてたじゃない。あたしたちも食《た》べたでしょ。」

と、笑美《えみ》が話《はなし》にわりこむ。

たしかにそうだ。

まえから買《か》っておくことは、できそうもないおかしだった。

「あたし日付見《ひづけみ》たけど、あれは、おととい、つまりあたしたちが島《しま》にくるまえの日《ひ》に買《か》ったものだったわ。朝《あさ》に八丈島《はちじょうじま》にいって夕方《ゆうがた》に帰《かえ》ってきたなら、どうやってあんなものを手《て》に入《い》れたのかな？」

「あれは鮎川《あゆかわ》、おまえが買《か》ってきたんじゃないのか？」

「ええっ、あ、あたし？」

笑美《えみ》はめんくらったようにいいかえす。

「そんなわけないじゃない。あたしはみんなといっしょに島《しま》についたあと、そのままずっと勇気《ゆうき》の案内《あんない》で……。」

「秀島《ひでしま》にわたすチャンスはいくらでもあったさ。カバンから出《だ》して船《ふね》のどこかにさりげなくおいといてもいいいし、秀島《ひでしま》が軽《けい》トラックにのってオレたちの荷物《にもつ》をはこんでくれたときに、鮎川《あゆかわ》のバッグからこっそりとりだすことだってできた。」

たしかにそうかも。

日付《ひづけ》も前日《ぜんじつ》だったし、なんのうたがいもなく、おじいちゃんがくれたあのおかしを食《た》べていたけれど……。

「あとは、オレたちが白河《しらかわ》に島《しま》を案内《あんない》してもらってる三十分《ぷん》のあいだに、またスーツすがたの変装《へんそう》にもどって、高瀬教授《たかせきょうじゅ》と二人《ふたり》でさきにこのアゲハ荘《そう》にやってきて、じいちゃんに名刺《めいし》と手《て》みやげのおかしをわたせばいい。たぶん名刺《めいし》をつくってもってきたのも、鮎川《あゆかわ》なんじゃないのかな？」

はじめちゃんにつめよられて、笑美《えみ》もだまってしまった。

8

はじめちゃんは、さらにつづけた。

「そうやって、ほんとはいない二人組《ふたりぐみ》をでっちあげた教授《きょうじゅ》たちは、オレたちといっしょに島《しま》を案内《あんない》するといって、リゾート開発会社《かいはつがいしゃ》の二人《ふたり》の社員《しゃいん》もいっしょに、洞窟《どうくつ》を見《み》にいく。そこでオレたちは、スーツをきた男《おとこ》の足《あし》が洞窟《どうくつ》から突《つ》きでてるのを見《み》つけ、なにごとかとその現場《げんば》にむかった。」

そのシーンが思《おも》い浮《う》かぶ。

革《かわ》ぐつをはいてスーツをきた二本《ほん》の足《あし》が、だれかにひっぱられているかのように、ズルズルと動《うご》いて洞窟《どうくつ》の中《なか》に消《き》えた。

「たぶん、あれも秀島《ひでしま》の足《あし》だったんじゃね？　うつぶせにたおれてたから、自分《じぶん》の手《て》ではってってたんだろ？」

「ちょ、ちょっと待《ま》てよ、金田一《きんだいち》。」

白河《しらかわ》くんがわって入《はい》る。

「おまえたち見《み》たんだろ、島姥《しまんば》を。二メートル以上《いじょう》あったんだろ？　そんなに背高《せたか》くないぞ、真吾《しんご》は。せいぜい百七十センチあるかないか……。」

「ひとりならね。」

「えっ。」

「肩車《かたぐるま》してたんじゃないのか、白河《しらかわ》。おまえのことを。」

ええっ、うそっ。

白河《しらかわ》くんまでいっしょに？

「秀島《ひでしま》の体格《たいかく》なら、小《ちい》さいおまえを肩車《かたぐるま》して歩《ある》くくらい、どうってことないもんな。そうしたら二メートルなんか、かるくこえるんじゃないか？」

「………。」

「洞窟《どうくつ》の中《なか》に足《あし》あとを消《け》したあとが残《のこ》ってた。肩車《かたぐるま》するとなると、さすがの秀島《ひでしま》も、すべる革《かわ》ぐつじゃあぶないから、すべりにくい運動《うんどう》ぐつをはいたんじゃないかな。そしたら足《あし》あとが砂《すな》の上《うえ》に残《のこ》っちまった。島姥《しまんば》が歩《ある》いたはずの足《あし》あとが運動《うんどう》ぐつじゃ、トリックがバレバレだから、あわてて消《け》した。そんなところだろ?」

「……冗談《じょうだん》はよせって、金田一《きんだいち》。ぼくと真吾《しんご》が島姥《しまんば》に化《ば》けてたっていうのか? だったら、露天風呂《ろてんぶろ》に出《で》た島姥《しまんば》はだれなんだよ。ぼくも真吾《しんご》も、おまえといっしょに風呂《ふろ》に入《はい》ってたんだぜ?」

そういえば、そうだった。

あの露天風呂事件《ろてんぶろじけん》のときは、二人《ふたり》ともはじめちゃんといっしょにいたはず。

なのに、島姥《しまんば》はあらわれた。

それはいったい……。

「たしかにおまえたち二人《ふたり》はいっしょだった。でも、高瀬教授《たかせきょうじゅ》はいなかったじゃないか。」

ええっ。

それじゃまさか、あのときの島姥《しまんば》は……。

「露天風呂《ろてんぶろ》に出《で》た島姥《しまんば》は、高瀬教授《たかせきょうじゅ》が化《ば》けてたんだよ。ダボダボの布《ぬの》のような着物《きもの》をきて、穴《あな》だらけの袋《ふくろ》を頭《あたま》からかぶったすがたなら、中《なか》が別人《べつじん》でも関係《かんけい》ない。背《せ》かっこうにしたって、風呂《ふろ》に入《はい》ってるじょうたいだと、見《み》あげる角度《かくど》になるから、ただでさえ大《おお》きく見《み》えるんじゃないか？」

なるほど。

たしかに温泉《おんせん》とかにいって、近《ちか》づいてくる大人《おとな》を湯船《ゆぶね》の中《なか》から見《み》ると、すごく大《おお》きく見《み》えるなって思《おも》ったことがある。

湯船《ゆぶね》の底《そこ》が、いちだんひくくなっているからだろう。

「しかもあのパニックの中《なか》じゃ、まえに見《み》た島姥《しまんば》のバカでかいイメージが頭《あたま》にこびりついてるだけに、じっさいの大《おお》きさよりでっかく見《み》えてもふしぎじゃない。てか、それがねらいだったんですよね、高瀬教授《たかせきょうじゅ》。」

高瀬教授《たかせきょうじゅ》はだまったたまま、にが笑《わら》いをうかべるだけだった。

9

「白骨《はっこつ》はどうなの？」

笑美《えみ》がいった。

「ガケの下《した》の砂浜《すなはま》に横《よこ》たわってたあの白骨《はっこつ》は、だれのものなのかな？　浜《はま》におりてかけつけたら、なくなってたのはどうして？」

あのいつもニコニコしてる笑美《えみ》が、こんなにがんばる子《こ》だったなんて。

ふと気《き》になった。

もしはじめちゃんのいうとおり、笑美《えみ》も白河《しらかわ》くんや秀島《ひでしま》くん、それに高瀬《たかせ》教授《きょうじゅ》たちと協《きょう》力《りょく》して、この島姥《しまんば》事件《じけん》をおこしたのだとすれば、いったいどうしてなんだろう。

知《し》りたいと思《おも》った。

はじめちゃんの推理《すいり》のさきにある、事件《じけん》をおこしたみんなの気持《きも》ちを……。

「学校《がっこう》にいったんだ。」

はじめちゃんは、うってかわったようにやさしくいった。

「理科室《りかしつ》を見《み》にね。昨日《きのう》見《み》せてもらった写真《しゃしん》にうつってた、骨格標本《こっかくひょうほん》をさがしに。案《あん》の定《じょう》、なくなってた。あの砂浜《すなはま》にあった白骨《はっこつ》は、その標本《ひょうほん》だったんだろ？」

そうだったのね。

理科室《りかしつ》をたずねたときのはじめちゃんの言葉《ことば》がよみがえる。

見《み》つからないからこそ、真相《しんそう》に近《ちか》づけるときもあるんだよ……。

でも、わたしたちが砂浜《すなはま》におりていくまでの数分《すうふん》のあいだになくなったのは、なぜ？

その答《こた》えもすぐにはじめちゃんの口《くち》から語《かた》られた。

「裏庭《うらにわ》にあいてる穴《あな》は、ガケの下《した》の洞窟《どうくつ》につながってるんだよな？　ロープをつなげた白骨《はっこつ》を、警察《けいさつ》に電話《でんわ》するっていってガケの上《うえ》に残《のこ》った秀島《ひでしま》が、かくしてあったロープをつかって洞窟《どうくつ》の中《なか》にひっぱりあげた。それが『消《き》えた白骨《はっこつ》の謎《なぞ》』の答《こた》えだ。」

白河《しらかわ》くんと秀島《ひでしま》くんは、さっきからだまって顔《かお》を見《み》あわせている。

笑美《えみ》は、泣《な》きだしそうに唇《くちびる》をかんでいた。

「もういいよ、みんな。」

高瀬《たかせ》教授《きょうじゅ》がいった。

「みんな、よくがんばった。もうほんとうのことを話《はな》そう。すばらしい推理《すいり》を見《み》せてくれた、金田一《きんだいち》一《はじめ》くんに敬意《けいい》を表《ひょう》して。」

教授《きょうじゅ》はすがすがしい顔《かお》でいった。

「キミのいうとおりだよ、金田一《きんだいち》くん。この事件《じけん》の『犯人《はんにん》』は、わたしと白河《しらかわ》くんたちだ。そして、だれも行方不明《ゆくえふめい》になどなっていない。消《き》えた二人《ふたり》は、さいしょからいなかったんだ。」

がまんできずに泣《な》きだした笑美《えみ》の涙《なみだ》が、すべてを物語《ものがた》っていた。

その6

からす島《じま》の『宝物《たからもの》』

1

笑美《えみ》が泣《な》きだしたのを見《み》て、はじめちゃんがあわててフォローした。

「ご、ごめんっ、鮎川《あゆかわ》！　泣《な》かせるつもりはなかったんだ。ただ、ほんとうのことを知《し》りたかっただけで……。」

「ううん、いいの。金田一《きんだいち》くん。」

笑美《えみ》は涙《なみだ》をぬぐいながら笑顔《えがお》をつくり、

「教室《きょうしつ》で北条先生《ほうじょうせんせい》が、このからす島《じま》に合宿《がっしゅく》にいく話《はなし》をしたとき、それにうまくまじれば、お母《かあ》さんにもからす島《じま》にいくっていいやすくなるし、ほんとは島《しま》を出《で》てからもずっと携帯《けいたい》とかでつながってて、仲良《なかよ》くしてくれてた真吾《しんご》や勇気《ゆうき》の手伝《てつだ》いができるって思《おも》って。それで冒険《ぼうけん》クラブに入《はい》ることにしたの。先生《せんせい》、ごめんなさい。利用《りよう》するようなことしちゃって……。」

涙《なみだ》をぬぐいながら、笑美《えみ》は頭《あたま》をぺこんとさげた。

一瞬《いっしゅん》、自分《じぶん》をイタズラからすくってくれたはじめちゃんのことが好《す》きになって、同《おな》じクラブに入《はい》ってきたのかと思《おも》ったけれど、そういうわけじゃなかったのね。

それはそうよね。

はじめちゃんが、そんなにモテるわけないもの。

なんだか、ちょっと安心《あんしん》……て、なんでわたしが安心《あんしん》してるのよっ！

「笑美《えみ》も真吾《しんご》も、もちろん高瀬先生《たかせせんせい》もわるくないよ。ぜんぶ、ぼくが考《かん》えて、みんなをまきこんだんだ。」

白河《しらかわ》くんがうなだれていった。

「あのリゾート開発会社《かいはつがいしゃ》の二人《ふたり》は、まえにもなんどかこの島《しま》にきたことがあったんだよ。おじいちゃんは知《し》らないと思《おも》うけど、一か月《げつ》まえに夏樹《なつき》おじさんがきたときも、じつはあの二人《ふたり》もいっしょだったんだ。なんども、こっそりきてたらしいんだよ、ほんとうは。」

「知《し》らなんだな、それは……。」

と、おじいちゃん。

「だと思《おも》う。ぼくと真吾《しんご》は船《ふね》に見《み》おくりにいくから、そのときに夏樹《なつき》おじさんといっしょのところを、たまたま見《み》たんだ。夏樹《なつき》おじさんがアゲハ荘《そう》に泊《と》まるんで、八丈島《はちじょうじま》のホテルに泊《と》まるあの二人《ふたり》と別《わか》れたあと、あいつらが話《はな》してるところを聞《き》いちゃったんだ。」

白河《しらかわ》くんは、くやしそうにこぶしをにぎりしめた。

「あいつらこの……おじいちゃんのアゲハ荘《そう》のこと、あんな汚《きたな》い宿《やど》に泊《と》まれるかって、そんなこといってわらってたんだぜ? 許《ゆる》せないって思《おも》ったんだ。あんな連中《れんちゅう》に、この島《しま》をめちゃくちゃにされたくないって、そう思《おも》って……なんとかして追《お》い返《かえ》してやるって……。」

白河《しらかわ》くんの目《め》からも、涙《なみだ》がながれる。

「アゲハ荘《そう》をこわされてたまるかってさ……それに、夏樹《なつき》おじさんといいあらそいして、おじいちゃんが悲《かな》しそうにしてるとこ、もう見《み》たくなかったんだよ……だから、ぼく、考《かん》えたんだ。島《しま》の守《まも》り神《がみ》の島姥《しまんば》が、島《しま》をぶっこわしにきたヤツらをこらしめる、そんな話《はなし》を考《かん》えて……ビビッて二度《にど》とこられないくらい、おっかねえめにあわせてやろうって……。」

はなをすりながら話《はな》す白河《しらかわ》くんの頭《あたま》に、富安《とみやす》のおじいちゃんはやさしく手《て》をおいていった。

「ありがとな、勇気《ゆうき》。それに真吾《しんご》も笑美《えみ》も。ワシとこのアゲハ荘《そう》のために、そんなこと……ありがとな、ありがとな……。」

おじいちゃんの小《ちい》さな目《め》からも、ポロポロと涙《なみだ》がながれおちる。

「おじいちゃん……。」

秀島《ひでしま》くんも泣《な》いている。

大《おお》きなからだを丸《まる》くちぢめて……。

「すみません、秋声《しゅうせい》さん。」

高瀬教授《たかせきょうじゅ》が、おじいちゃんのまえにきて正座《せいざ》し、頭《あたま》をさげた。

「勇気《ゆうき》くんと真吾《しんご》くんに相談《そうだん》されて、なんだかほっとけないと思《おも》ってしまって、手伝《てつだ》うことにしたんです。大人《おとな》げないとは思《おも》ったんですが、たしかに大手《おおて》のリゾート開発会社《かいはつがいしゃ》がのりこんできて、大規模《だいきぼ》な開発《かいはつ》をすれば、この島《しま》の手《て》つかずの自然《しぜん》はこわされてしまうでしょう。それはしのびない、という気持《きも》ちもあって、つい……。」

「頭《あたま》をあげてくださいな、先生《せんせい》。もったいのうございますよ。どうか……。」

おじいちゃんのほうも、教授《きょうじゅ》にむかっていっしょうけんめい頭《あたま》をさげている。

「真吾《しんご》、勇気《ゆうき》。駐在《ちゅうざい》のおまわりさんには、よけいなことをいわんでいいぞ。ワシから、いなくなった二人《ふたり》は道《みち》にまよって野宿《のじゅく》しただけで、もどってきたと伝《つた》えておくから。」

「そうしていただけるとありがたいです。」

と、教授《きょうじゅ》はいった。

「さすがに大目玉《おおめだま》をくらうでしょうし。」

「それでいいんじゃないかな。オレたちもだまってるから。」

はじめちゃんがいった。

「問題《もんだい》は、じいちゃんの息子《むすこ》って人《ひと》だよな。もう船《ふね》がついてるんじゃ……。」

そのときだった。

広間《ひろま》のとびらが開《あ》いて、五十歳《さい》すぎくらいの男《おとこ》の人《ひと》が血相《けっそう》をかえたようすで入《はい》ってきた。

おじいちゃんの息子《むすこ》の、富安夏樹《とみやすなつき》さんだった。

2

「お父《とう》さん、いったいなにがあったんだよっ!?」

夏樹《なつき》さんはわたしたちに目《め》もくれずに、大声《おおごえ》を出《だ》しておじいちゃんにつめよる。

「八丈島《はちじょうじま》のホテルで、蛟《みずち》さんたちに会《あ》ったんだ。そうしたら、もうこのアゲハ荘《そう》をオレと共同《きょうどう》で開発《かいはつ》する計画《けいかく》は、白紙《はくし》にもどすといきなりいわれて。理由《りゆう》を聞《き》いても、いおうとしないし。」

「夏樹《なつき》……それはな……。」

おじいちゃんは、こまった顔《かお》で高瀬《たかせ》教授《きょうじゅ》を見《み》ながら、

「まあ、その……いろいろあってな。そういうことになったらしいんじゃが……。」

と、くちごもった。

「いろいろってなんだ? はっきりいってくれよっ。せっかくうまく話《はなし》がすすんでたのに、だいなしじゃないかっ。」

夏樹《なつき》さんのいかりは止《と》まらない。

「オレはこの島《しま》のためにがんばって、リゾート計画《けいかく》をもってきたんだぞ。このアゲハ荘《そう》の場所《ばしょ》は、島《しま》でも最高《さいこう》のロケーションなんだ。温泉《おんせん》も出《で》るし、島《しま》でたった一か所《しょ》だけのきれいな白砂《しろすな》の海岸《かいがん》もある。ここしかないんだよ、リゾートホテルをたてられるのは。」

おじいちゃんがなにかを話《はな》そうとしても、聞《き》こうともせずに一方的《いっぽうてき》にまくしたてるこの人《ひと》に、わたしもだんだんといかりがこみあげてくる。

「島《しま》が観光《かんこう》でうるおえば、みんなの生活《せいかつ》もらくになるし、東京《とうきょう》でやってるオレの会社《かいしゃ》も、もっとうまくいくだろう。そうしたら、オレの東京《とうきょう》の家《いえ》もたてかえられて、二世帯《せたい》にすればお父《とう》さんもこられるんだ。そのほうがいいだろう？　こんなへんぴな島《しま》で一生《いっしょう》をおえるより……。」

「いいかげんにしたらどうなんスか、オジサン。」

まっさきにキレたのは、やっぱりはじめちゃんだった。こういう正義感《せいぎかん》が強《つよ》いところも、ちっちゃいころからかわらない。

「なんだ、キミは。子《こ》どもはだまって……。」

「だまってられるかよ、こんなの！」

大声《おおごえ》をあげて、立《た》ちあがる。

「オジサンはずっと東京《とうきょう》に住《す》んでるんでしょ？　だったらこの島《しま》の人《ひと》たちが、ほんとうはなにをのぞんでるかなんて、わからないだろ？　なにもかも捨《す》てて、東京《とうきょう》にいっちまったんだからさ！」

はじめちゃんは、目《め》に涙《なみだ》をうかべている。

「むかしさ、うば捨《す》てっていうのがあったんだって。授業《じゅぎょう》でならったんだけど、貧《まず》しい人《ひと》が自分《じぶん》の親《おや》をせおって、山《やま》に捨《す》てにいってたんだって。」

わたしもその授業《じゅぎょう》はおぼえている。

うば捨《す》て山《やま》の伝説《でんせつ》の物語《ものがたり》を、北条先生《ほうじょうせんせい》が国語《こくご》の授業《じゅぎょう》で話《はな》してくれた。お殿《との》さまの命令《めいれい》で、年老《としお》いた母親《ははおや》を山《やま》に捨《す》てにいく息子《むすこ》の話《はなし》だ。

「ひでー話《はなし》だなって思《おも》ったけどさ、それって、いまもあるんじゃないのかな。ただし、いまのうば捨《す》ては、父《とう》さんや母《かあ》さんを捨《す》てにいくんじゃない。ふるさとも親《おや》も捨《す》てて、自分《じぶん》が都会《とかい》に出《で》ていくんだ。オジサンもそうだろ？　だから、こんなへんぴな島《しま》とか、そんないいかたするんだ。ふるさとなのに！」

はじめちゃんのうったえに、夏樹《なつき》さんも、気《き》まずそうにだまりこんだ。

「もういいよ、金田一《きんだいち》くん。ありがとな。」

富安《とみやす》のおじいちゃんがいった。

「夏樹《なつき》……ワシはやはり、このアゲハ荘《そう》をつづけたいんじゃ。母《かあ》さんと二人《ふたり》で、ずっとやってきたこの小《ちい》さい旅館《りょかん》をな……。」

「お父《とう》さん……。」

「おまえは、つかれた顔《かお》をしとるぞ、夏樹《なつき》。そういうときは、この島《しま》にちょっともどってきたらいい。母《かあ》さんと三人《にん》で住《す》んでおった家《いえ》でもあるんじゃから。」

「………。」

「おまえも、ほんとはワシにゆっくり聞《き》いてもらいたいことが、たくさんあるんじゃないのかい？　そういう顔《かお》をしとるぞ。」

「いや……それは……。」

夏樹《なつき》さんは、にが笑《わら》いをうかべたが、否定《ひてい》はしなかった。

「つかれておるなら、仕事《しごと》を休《やす》んで、しばらく泊《と》まっていったらどうだね？」

夏樹《なつき》さんは、ばつがわるそうにいった。

「風呂《ふろ》でも、入《はい》ってくるよ……。」

「そうか……そんならワシも入《はい》ろうかな。」

と、おじいちゃん。

夏樹《なつき》さんはてれた顔《かお》で、

「えっ、いっしょに？」

と、またにが笑《わら》い。

「そうとも。ちびすけのころみたいに、いっしょに温泉《おんせん》につかりながら、いろいろと話《はな》してみたらどうじゃ。ワシでよけりゃ、いくらでも聞《き》いてやるぞ。」

おじいちゃんの、くったくのない笑顔《えがお》を見《み》て夏樹《なつき》さんは、小《ちい》さく頭《あたま》をさげた。

「ごめん、お父《とう》さん……。」

その顔《かお》は、おじいちゃんによくにた、この島《しま》の人《ひと》の顔《かお》だった。

3

その翌朝《よくあさ》、わたしたち冒険《ぼうけん》クラブは、二泊三日《はくみっか》のさいしょの予定《よてい》どおりに、船《ふね》で島《しま》をたとうとしていた。

思《おも》いもよらない事件《じけん》にまきこまれた合宿《がっしゅく》だったけれど、きっと大人《おとな》になってもわすれられない思《おも》い出《で》になった気《き》がする。

まさしく、夏休《なつやす》みの大冒険《だいぼうけん》だった。

「また遊《あそ》びにこいよな、冒険《ぼうけん》クラブ！　こんどは海《うみ》の中《なか》も探検《たんけん》しようぜ！」

白河《しらかわ》くんが手《て》をさしだして、わたしたちみんなと握手《あくしゅ》をはじめた。

「おう、海《うみ》の中《なか》もきれいなんだろうな。」

草太《そうた》くんは、白河《しらかわ》くんの提案《ていあん》に早《はや》くも興味《きょうみ》をもちはじめているようだ。

白河《しらかわ》くんや秀島《ひでしま》くんはもちろん、まだしばらく島《しま》に滞在《たいざい》する予定《よてい》の高瀬《たかせ》教授《きょうじゅ》、そして富安《とみやす》のおじいちゃんと、しばらく休《やす》みをとって残《のこ》ることにしたという息子《むすこ》の夏樹《なつき》さんも、みんなでわたしたちを見《み》おくりにきてくれた。

夏樹《なつき》さんとおじいちゃんは、ゆうべひさしぶりに二人《ふたり》で露天風呂《ろてんぶろ》につかったらしい。

そしていっしょに夜《よる》おそくまで、お酒《さけ》をのんでいたようだった。

「またくるね、勇気《ゆうき》、真吾《しんご》。」

笑美《えみ》は、ずっとそれをくりかえしている。

わたしもはじめちゃんも、仲良《なかよ》しになった二人《ふたり》に会《あ》いにくる約束《やくそく》をかわした。

警笛《けいてき》を鳴《な》らしながら船《ふね》が近《ちか》づいてくると、さみしい気持《きも》ちがこみあげてきて、涙《なみだ》が出《で》そうになった。

たった三日間《みっかかん》だったのに、長《なが》いあいだいっしょにすごしたような気《き》がする。

わたしたちを見《み》おくるように、たくさんのアゲハチョウが集《あつ》まってくる。

青《あお》みをおびた黒《くろ》いハネをゆったりとはばたかせながら、わたしの頭《あたま》に止《と》まったチョウを、はじめちゃんがつかまえた。

「へへっ。こいつ、もってかえりたいな。」

と、はじめちゃん。

「だめだめ。それはカラスアゲハだが、東京《とうきょう》にはいない八丈島《はちじょうじま》の亜種《あしゅ》だからね。」

と、高瀬教授《たかせきょうじゅ》がはじめちゃんの手の中《てなか》のチョウに目《め》をこらした。

「本土《ほんど》でよく見《み》る種類《しゅるい》とは、ちょっとハネのもようがちがっていてね。十四ある斑点《はんてん》がぜんぶ赤《あか》い、ふつうのカラスアゲハとちがって、こいつはハネを上《うえ》から見《み》るとわかるが、いちばん内側《うちがわ》の二つだけが、朱色《しゅいろ》をしてるんだ。ちょっとかしてごらん。」

教授《きょうじゅ》は、はじめちゃんの手《て》から、胴体部分《どうたいぶぶん》をそっとつまんでチョウを受《う》けとると、ハネをひろげてその部分《ぶぶん》をゆびさした。

「そういえば、そうですね。この島《しま》のチョウは、ずっとまえからこいつが多《おお》かったんですか？」

草太《そうた》くんが興味深《きょうみぶか》そうにたずねた。

「うむ。いまもそうだが、たぶんむかしからこの八丈島亜種《はちじょうじまあしゅ》のカラスアゲハがたくさんいたんだろうね。だから、からす島《じま》という名前《なまえ》でよばれるようになったにちがいない。」

「なるほどねえ……しかしきれいなチョウだな……。」

はじめちゃんは、教授《きょうじゅ》の手《て》にあるカラスアゲハの美《うつく》しいハネのもようを、いろんな角度《かくど》からながめていた。

「……待《ま》てよ？」

ふと、真剣《しんけん》な顔《かお》になる。

「わたしたちの子《こ》ども、その子《こ》どものために、聖《せい》なるかがやきを残《のこ》していく。いつか天国《てんごく》にもどってきたものがいたら、朱《あか》い右目《みぎめ》をおとずれるがよい。たいせつなものは、そこに眠《ねむ》っている……そんな内容《ないよう》でしたよね、あの古文書《こもんじょ》。」

と、教授《きょうじゅ》にたずねた。

「そのとおり。よくおぼえているなぁ、一度《ど》しかいってないのに。」

「朱《あか》い右目《みぎめ》って、このハネのもようの右側《みぎがわ》の朱色《しゅいろ》の斑点《はんてん》のことじゃないかな。」

「えっ。」

教授《きょうじゅ》は、自分《じぶん》の手《て》にあるチョウのハネに目《め》をこらした。

わたしも近《ちか》づいてみる。

カラスアゲハの胴体寄《どうたいよ》りの二つの斑点《はんてん》は、たしかに朱色《しゅいろ》をした目《め》のようにも見《み》える。

「たしかにそうかもしれんが、この朱色《しゅいろ》の斑点《はんてん》に聖《せい》なるかがやき……つまり財宝《ざいほう》があるというのは、どういうことなのかな。」

はじめちゃんは、少《すこ》し考《かんが》えてからいった。

「洞窟《どうくつ》じゃないかな。」

「なんだって？」

「この島《しま》はアゲハチョウによくにた形《かたち》をしてる。しかも、ちょうどこのカラスアゲハの十四の斑点《はんてん》に近《ちか》い位置《いち》に、洞窟《どうくつ》があるんだ。洞窟《どうくつ》に色《いろ》はないけど、チョウの斑点《はんてん》にはこのように、色《いろ》がついてる。」

と、教授《きょうじゅ》の手《て》の中《なか》のチョウのハネのその部分《ぶぶん》を指《ゆび》でしめす。

「朱《あか》い目《め》のような斑点《はんてん》は、この位置《いち》……つまり、オレたちがさいしょに見《み》にいって、『八の穴《あな》』から足《あし》が突《つ》きでてるのを見《み》つけた、あの洞窟《どうくつ》を意味《いみ》してるんじゃないかな。」

「あの洞窟《どうくつ》というのは……『七の穴《あな》』か！」

「そう、それです！　いってみましょう！」

と、はじめちゃんはもう歩《ある》きだしている。

「でもあの洞窟《どうくつ》は、砂《すな》でうまっていて奥《おく》には入《はい》れなかったじゃない。」

わたしは、追《お》いかけながらたずねた。

「砂《すな》ならほれるかもしれないじゃないか。ともかくいって、ほれるだけほってみよう！」

「なんかおもしろくなってきたじゃん！」

チュウがこっちにくると、草太《そうた》くんも追《お》いかけてきた。

「おいおい、金田一《きんだいち》！　どうするんだよ、船《ふね》は！」

北条先生《ほうじょうせんせい》も追《お》いかけながら、

「ぜったいに船《ふね》の出発《しゅっぱつ》にまにあわないわよ。」

と、あきれ顔《がお》だ。

「もう一泊《ぱく》していかれたらどうですか。」

富安《とみやす》のおじいちゃんがわらっていった。

「いろいろお世話《せわ》になりましたし、なんでしたらタダで泊《と》めてさしあげますんで。」

「ほんとですか？」

と、北条先生《ほうじょうせんせい》。

「それなら、あまえさせていただきます。ついでにスコップをおかりできますか、富安《とみやす》さん。砂《すな》をみんなでほりたいので、できたら人数分《にんずうぶん》あるといいのだけれど。」

意外《いがい》とずうずうしいですね、先生《せんせい》……。

「わたしの記憶《きおく》どおりなら、倉庫《そうこ》に三、四本《ほん》あったと思《おも》いますので、アゲハ荘《そう》に寄《よ》ってからいきましょう。」

と、夏樹《なつき》さんがいって、先頭《せんとう》に立《た》って早足《はやあし》で歩《ある》いていった。

4

朱《あか》い右目《みぎめ》の部分《ぶぶん》にあるという『七の穴《あな》』は、入《い》り口《ぐち》からすぐのところで砂《すな》でうまっていて、ゆきどまりになっている。

しかし、はじめちゃんはそれを見《み》て、

「よく考《かんが》えるとこれ、ふしぜんじゃないですか。」

と、いった。

「だいたい、この島《しま》の砂浜《すなはま》って、アゲハ荘《そう》のすぐ下《した》にしかないんでしょ? なのに、あそこからはなれてるこの洞窟《どうくつ》が、こんなふうにまっ白《しろ》な砂《すな》でうまってるっていうのは、ぜったいおかしい。だれかがむかし、あの白砂《しろすな》のビーチから砂《すな》をはこんできて、中《なか》にあるなにかをかくすためにうめたのかもしれない。」

いわれてみると、アゲハ荘《そう》の下《した》のビーチと同《おな》じ、こまかくてきれいな白砂《しろすな》だ。

それが、粘土《ねんど》のようなもので固《かた》められて、洞窟《どうくつ》をふさいでいる。

「上《うえ》のほうからほってみましょう。」

はじめちゃんは、まっさきにスコップを、洞窟《どうくつ》のいきどまりの上《うえ》のほうの砂《すな》の壁《かべ》にさしこんだ。

それを見《み》て、ほかのみんなもほりはじめる。

もろい砂《すな》の壁《かべ》は、あっというまにくずれていき、ぽっかりと穴《あな》があいてしまった。

「穴《あな》があいたぞ。」

教授《きょうじゅ》がいった。

「もしかすると、ほんとうにこのむこうは空洞《くうどう》なのかもしれない。たしかに金田一《きんだいち》くんのいうとおり、だれかが砂《すな》で洞窟《どうくつ》をふさいだ可能性《かのうせい》もある。洞窟《どうくつ》の奥《おく》だけに風《かぜ》もふきこまないから、長《なが》いあいだ、そのままになっていたとしたら……。」

教授《きょうじゅ》は興奮《こうふん》したようすで、力《ちから》ずくでスコップを砂《すな》の壁《かべ》にさしこみ、汗《あせ》だくになってほりすすむ。

ドッと砂《すな》の壁《かべ》がくずれ、大《おお》きな穴《あな》があいた。

「よし、穴《あな》があいた。中《なか》に入《はい》ってみましょう。」

教授《きょうじゅ》は懐中電灯《かいちゅうでんとう》で奥《おく》をてらしながら、砂《すな》の上《うえ》をはうようにして、ぽっかりとあいた穴《あな》の中《なか》にからだをすべりこませた。

はじめちゃんがつづき、そのあとは草太《そうた》くん。

それから白河《しらかわ》くん、秀島《ひでしま》くんとつづいて、そのあとに、わたしと笑美《えみ》はいっしょに砂《すな》をのぼって、こわごわとまっ暗《くら》な洞窟《どうくつ》の、きっと長《なが》いあいだだれの目《め》にもふれなかった奥《おく》の奥《おく》をめざした。

教授《きょうじゅ》が懐中電灯《かいちゅうでんとう》でてらしだしたのは、思《おも》いもよらないほど大《おお》きな空間《くうかん》だった。

せまい洞窟《どうくつ》の入《い》り口《ぐち》からは想像《そうぞう》もつかない、音楽《おんがく》ホールのような空間《くうかん》がひろがっていたのだ。

最後《さいご》に入《はい》ってきた富安《とみやす》のおじいちゃんと夏樹《なつき》さんが、それぞれもっていたカンテラ形《がた》のランプをつけた。

そこは、まさに『教会《きょうかい》』だった。

周囲《しゅうい》の壁《かべ》には小《ちい》さな穴《あな》がたくさんほられていて、石《いし》か粘土《ねんど》でつくられた燭台《しょくだい》のようなものがおかれている。

床《ゆか》にはやわらかい白砂《しろすな》がしきつめられていて、たくさんの人《ひと》がらくにすわれるように、考《かんが》えられているようだ。

ホールのような空間《くうかん》の奥《おく》には、大《おお》きな木《き》の祭壇《さいだん》がつくられていて、そのさらにむこうに、高《たか》さ一メートルほどの像《ぞう》がうかびあがっている。

教授《きょうじゅ》が懐中電灯《かいちゅうでんとう》をあててらしだす。

光《ひかり》の輪《わ》の中《なか》にうかびあがったのは、洞窟《どうくつ》の壁《かべ》をほってつくったらしい、聖母《せいぼ》マリアさまの像《ぞう》だった。

5

「聖《せい》なるかがやきだ……。」

つぶやいたのは、高瀬《たかせ》教授《きょうじゅ》だった。

「これが、古文書《こもんじょ》に書《か》かれていた聖《せい》なるかがやき……財宝《ざいほう》だと思《おも》われていたものだったんだ。この島《しま》にはやっぱり、ずっとむかし、何百年《なんびゃくねん》もまえにヨーロッパのキリスト教徒《きょうと》の船《ふね》が、ながれついていたんだね。」

光《ひかり》の輪《わ》の中《なか》にうかびあがるマリアさまの像《ぞう》は、後光《ごこう》がさしているように見《み》えた。

この場所《ばしょ》はきっと、漂流《ひょうりゅう》して命《いのち》からがら島《しま》にたどりついた人《ひと》びとにとって、祈《いの》りをささげる教会《きょうかい》そのものだったにちがいない。

だから、八丈島《はちじょうじま》からやってくる日本人《にほんじん》たちにおわれて島《しま》を出《で》ていくときに、砂《すな》をもってふさぎ、まもろうとした。

そしていつか子孫《しそん》がもどってきたときに、その場所《ばしょ》がわかるようにと、地図《ちず》と古文書《こもんじょ》を残《のこ》していったのだろう。

富安《とみやす》のおじいちゃんが、ふと思《おも》いついたように口《くち》をひらいた。

「島姥《しまんば》のふるさとじゃな、ここは。」

えっ、あのおそろしい人《ひと》くいの怪物《かいぶつ》のふるさと？

イメージができずにとまどっていると、おじいちゃんはいった。

「ワシの小《ちい》さいころには、島姥《しまんば》は人《ひと》くいをするような妖怪《ようかい》とはいわれていなかったんじゃよ。人《ひと》くいではなく、人《ひと》にくわせる妖怪《ようかい》として、島《しま》の人《ひと》たちにあがめられていたんじゃ。」

「人《ひと》にくわせるって、食《た》べ物《もの》をですか？」

わたしが聞《き》くと、おじいちゃんはなんどもうなずきながら、

「そうそう、そうなんじゃよ。海《うみ》があれて魚《さかな》がとれなかったときに、島姥《しまんば》は動物《どうぶつ》の乳《ちち》でつくった食《た》べ物《もの》をわけてくれたというんじゃ。ずっと口《くち》づてにしか伝《つた》わってこない話《はなし》じゃったから、なにか書物《しょもつ》に残《のこ》っておるわけではないじゃろう。それで、いつのまにかおもしろおかしく、人《ひと》くい妖怪《ようかい》の話《はなし》にかわってしまったんじゃろうな。」

「動物《どうぶつ》の乳《ちち》でつくった食《た》べ物《もの》というのは、チーズのことかもしれませんね。」

教授《きょうじゅ》がいった。

チーズというのはもともと保存食《ほぞんしょく》で、洞窟《どうくつ》の奥《おく》などの気温《きおん》のひくい場所《ばしょ》に保存《ほぞん》して、食《た》べ物《もの》がない時期《じき》をしのぐためのものだったという。

ヨーロッパの船《ふね》には、乳《ちち》をのんだりするためにヤギなどの家畜《かちく》をのせていたことがあったらしい。

漂流《ひょうりゅう》してこの島《しま》にようやくたどりつき、生活《せいかつ》をはじめた彼《かれ》らは、おおぜいわたってくる日本人《にほんじん》からかくれてくらしながらも、なにか機会《きかい》があれば少《すこ》しでも近《ちか》づこうと思《おも》っていたのかもしれない。

だから海《うみ》がずっとあれて魚《さかな》がとれずに、日本人《にほんじん》たちが食《た》べ物《もの》にこまっていたときには、自分《じぶん》たちのたいせつな保存食《ほぞんしょく》であるチーズをわけあたえた。

たたかうのではなく、心《こころ》をよせていくことで、おたがいに平和《へいわ》なくらしをしていこうと思《おも》っていたのではないだろうか。

「すごいな、これは……。」

夏樹《なつき》さんがつぶやく。

「こんなものが、島《しま》の洞窟《どうくつ》にかくされてたなんて。なんだか、感動《かんどう》してしまいますね、高《たか》瀬先生《せせんせい》。」

「その感動《かんどう》は、きっとみんな同《おな》じようにおぼえると思《おも》います。そういうものは、人《ひと》をよびあつめる力《ちから》がある。わかりますか、夏樹《なつき》さん。これは、島《しま》の財産《ざいさん》……まさに、宝物《たからもの》です。」

「ええ、きっとそうなりますね。」

夏樹《なつき》さんは、なんどもうなずきながらいった。

「このすばらしいマリア像《ぞう》を見《み》にきたいと思《おも》う人《ひと》たちは、りっぱなリゾートホテルなんかに興味《きょうみ》はないでしょう。むしろ、この島《しま》の歴史《れきし》の一部《いちぶ》であるかのような、あのアゲハ荘《そう》に泊《と》まりたがるにちがいない。きっとそうです。そうにきまってる。」

夏樹《なつき》さんは、うれしそうだった。

長《なが》い東京《とうきょう》ぐらしでしみついていた考《かんが》え方《かた》が、ふるさとのからす島《じま》の空気《くうき》をすうことで、少《すこ》しずつむかしにもどってきているのかもしれない。

この不便《ふべん》かもしれないけれど自然《しぜん》がいっぱいの島《しま》が、きっと大好《だいす》きだったころの彼《かれ》に……。

いつのまにか、わたしたちはみんなそろって、岩《いわ》にほられたマリアさまに祈《いの》りをささげていた。

願《ねが》うことは、ひとつだったにちがいない。

この美《うつく》しい島《しま》が、このさきもかわらずにありますように。

この島《しま》の人《ひと》たちが、これまでと同《おな》じように、ずっとずっと幸《しあわ》せでありますように……。

うば捨《す》て山《やま》伝《でん》説《せつ》、そのつづき

「わしは家《いえ》に帰《かえ》ろうなんて、思《おも》っちゃいないよ、おまえ。」

母親《ははおや》は、少《すこ》しだけ悲《かな》しそうに、息子《むすこ》にむかっていった。

「そんならなんで、おっかあは、いちいち枝《えだ》を折《お》っているんだ。どういうわけだい、おしえてくんな。」

息子《むすこ》がしつこく聞《き》くので、母親《ははおや》はしぶしぶ、そのわけを話《はな》した。

「そりゃあね、こんなまっ暗《くら》な山道《やまみち》じゃろう。わしをおいていった帰《かえ》り道《みち》で、おまえがまよったらたいへんじゃないか。だから、道《みち》がわかるように、いまからこうして目印《めじるし》をつけているんだよ。」

「おっかあ……。」

自分《じぶん》がこれから捨《す》てられるというのに、息子《むすこ》のことばかり心配《しんぱい》してくれているやさしさに、男《おとこ》は涙《なみだ》をながした。

そして、そのまま母親《ははおや》を捨《す》てずに、せおって村《むら》に帰《かえ》っていったという……。

（からす島《じま》の怪事件《かいじけん》——おわり）

この作品は書き下ろしです。

＊著者紹介

天樹征丸《あまぎせいまる》

1962年、東京都生まれ。漫画原作者、小説家、脚本家として多くのヒット作を手がける。天樹征丸名義の作品として、「金田一少年の事件簿」「探偵学園Q」などのシリーズがある。

＊画家紹介

さとうふみや

漫画家。1991年に「カーリ！」で週刊少年マガジン新人漫画賞に入選し、デビュー。1995年、「金田一少年の事件簿」で講談社漫画賞を受賞した。ほかの作品に、「探偵学園Q」などがある。

＊地図作成／徳澤伊津子

講談社　青い鳥文庫　　325-1

金田一《きんだいち》くんの冒険《ぼうけん》

1　からす島《じま》の怪事件《かいじけん》

天樹征丸《あまぎせいまる》

2018年1月15日　第1刷発行

（定価はカバーに表示してあります。）

発行者　鈴木　哲

発行所　株式会社講談社

東京都文京区音羽2-12-21　郵便番号112-8001

電話　編集（03）5395-3536

販売（03）5395-3625

業務（03）5395-3615

N.D.C.913　190p　18cm

装　丁　本間美里＋ベイブリッジ・スタジオ

久住和代

印　刷　図書印刷株式会社

製　本　図書印刷株式会社

本文データ制作　講談社デジタル製作

ISBN978-4-06-285679-9

「講談社《こうだんしゃ》 青《あお》い鳥文庫《とりぶんこ》」刊行《かんこう》のことば

太陽《たいよう》と水《みず》と土《つち》のめぐみをうけて、葉《は》をしげらせ、花《はな》をさかせ、実《み》をむすんでいる森《もり》。小《こ》鳥《とり》や、けものや、こん虫《ちゅう》たちが、春《はる》・夏《なつ》・秋《あき》・冬《ふゆ》の生活《せいかつ》のリズムに合《あ》わせてくらしている森《もり》。森《もり》には、かぎりない自然《しぜん》の力《ちから》と、いのちのかがやきがあります。

本《ほん》の世界《せかい》も森《もり》と同《おな》じです。そこには、人間《にんげん》の理想《りそう》や知恵《ちえ》、夢《ゆめ》や楽《たの》しさがいっぱいつまっています。

本《ほん》の森《もり》をおとずれると、チルチルとミチルが「青《あお》い鳥《とり》」を追《お》い求《もと》めた旅《たび》で、さまざまな体験《たいけん》を得《え》たように、みなさんも思《おも》いがけないすばらしい世界《せかい》にめぐりあえて、心《こころ》をゆたかにするにちがいありません。

「講談社《こうだんしゃ》 青《あお》い鳥文庫《とりぶんこ》」は、七十年《ねん》の歴史《れきし》を持《も》つ講談社《こうだんしゃ》が、一人《ひとり》でも多《おお》くの人《ひと》のために、すぐれた作品《さくひん》をよりすぐり、安《やす》い定価《ていか》でおおくりする本《ほん》の森《もり》です。その一さつ一さつが、みなさんにとって、青《あお》い鳥《とり》であることをいのって出版《しゅっぱん》していきます。この森《もり》が美《うつく》しいみどりの葉《は》をしげらせ、あざやかな花《はな》を開《ひら》き、明日《あす》をになうみなさんの心《こころ》のふるさととして、大《おお》きく育《そだ》つよう、応援《おうえん》を願《ねが》っています。

昭和《しょうわ》五十五年《ねん》十一月《がつ》

講談社